象牙戒指

她如一首悲豔的詩歌，被枯骨似的牢圈監禁了靈魂

廬隱 —— 著

許多朋友都勸我忘記已往，毀滅過去。
長空也以為只要他死了，我的痛苦即刻可以消逝，
事實上我是生於矛盾，死於矛盾，
我的痛苦永不能免除。

目錄

目錄

一

　　盛夏裡的天氣，烈火般的陽光，掃盡清晨晶瑩的露珠，統御著宇宙，一直到黃昏後，這是怎樣沉重悶人的時光啊！人們在這種的壓迫下，懶洋洋的像是失去了活躍的生命力，尤其午後那更是可怕的蒸悶；馬路上躺著的小石塊，發出孜孜的響聲，和炙人腳心的灼熱。

　　在這個時候，那所小園子裡垂了頭的蝴蝶蘭，和帶著醺醉的紅色的小玫瑰；都為了那嚇人的光和熱，露出倦怠的姿態來，只有那些深藏葉蔓中的金銀藤，卻開得十分茂盛。當一陣夏天的悶風，從那裡穿過時，便把那些濃厚的藥香，吹進對著園子開著的門裡來。

　　那是一間頗幽靜的書齋，因為天熱，暫時在南窗下擺了一張湘妃竹的涼榻，每天午飯後，我必在那裡休息一個時辰。這一天我才從浴室裡出來，將涼榻上的竹夫人擺好，正預備要睡。忽見門房的老楊進來說，外面有一位女士要會我，我連忙脫下浴衣，換了一件白色的長衫，外面的人影已漸漸近了，只聽那位來客叫道：「露沙在家嗎？」這是很熟習的口腔，我猜是素文，仰頭望窗外一張，果然是她。那非常矮小的身段，正

一

從荼蘼架下穿過來，不錯，我想起來了，我因為要詳細知道最近死去的朋友沁珠的往事，而她一向都很清楚她，所以我邀她今天來把這段很富有浪漫情趣的故事告訴我。

我們是很不拘泥什麼的朋友，她一來就看上了我的涼榻，一倒身便睡在上面，同時還叫著：「這天氣夠多熱呀，快些給我一杯冰鎮汽水 —— 如果有冰淇淋，那就更好了！」我叫張媽從冰箱裡拿出兩瓶汽水，冰淇淋卻不曾預備，不過我家離賓來香很近，吩咐老楊打了個電話，叫他送來一桶檸檬的，這種安排使得素文特別起勁，她躺在竹榻上微笑著說：「這是一種很好的設備，為了那一段驚人的故事，而且也是很合宜的。」

我們把綠色的窗幔垂了下來，使得屋內的光線，變成非常黯淡，同時喝著冰汽水。在一切都覺得適意了，素文從衣襟裡的小袋子內取出一個小小的白色象牙戒指，她一面嘆了一口氣說：「你別看這件不值什麼的小玩具，然而它卻曾監禁了一個人的靈魂 —— 」

我看了這個戒指，忽然一個記憶衝上我的腦海，我驚疑地問道：「素文，我記得沁珠臨死的時候，手上還戴著一枚戒指，和這個是一色一樣的，當時給她穿衣服的人曾經說：她要把這枚戒指帶到棺材裡去……但是結果怎麼樣？我因為有事沒等她下棺，就先走了……難道現在的這枚戒指，也就是她手上戴的

那枚嗎？」

素文搖頭道：「不是那一枚，不過它們的來處卻是相同的。」我覺得這件事真有些浪漫味道，非常想知道前後的因果，便急急追問素文道：「這是哪一位送給沁珠的，怎麼你也有一枚呢？」

「別焦急。」她說：「我先簡單的告訴你，那戒指本來是一對，是她的一個朋友從香港替她寄來的，當時她覺得這只是很有趣的一件玩物，因此便送了我一枚，但是以後發生了突然的事變，她那枚戒指便立刻改了本來的性質變成富有意義的一個紀念品了。」

「這真是富有趣味的一段事實，請你把詳細的情節仔細告訴我吧！」

「當然，我不是要告訴你，我今天就不必來了；並且我還希望你能把這件事情寫下來，不用什麼雕飾，她的一生天然是一首悲艷的詩歌。這是一種完美的文藝 —— 本來我自己想寫，不過你知道，最近我的生活太複雜，一天東跑西顛的，簡直就沒有拿筆的工夫。再者三四天以後，我還想回南邊家裡看看……」

「好吧。」我說了：「你就把她的歷史從頭到尾仔細說給我，

一

當然我要盡我的力量把她寫下來。」

於是她開始說了，下面便是她的敘述，我沒有加多少刪改 —— 的確，素文很善於辭令，而沁珠的這一段過去，真也稱得起是一首悲豔的詩歌。

在那年暑假後，學校剛剛開學的一天下午，我從寢室裡走了出來，看見新舊同學來了不少，覺得很新鮮有趣味，我便同兩個同學，名叫楊秀貞和張淑芳的，三個人一同坐在屏風門後過道上的椅子上，來來往往的，都是些年輕活潑的同學；有的手裡拿著墨水瓶，脅下挾著洋紙本子到課堂去的。有的抱著一大堆音樂譜子，向操場那面音樂教室去的。還有幾個捧著足球，拿著球拍子，到運動場去的。正在這個時候，從屏門外來了一個面生的新學生，她穿著一件淺藍色的麻紗短衫，腰間繫了一條元色的綢裙，足上白鞋白襪，態度飄灑，豐神秀麗，但是她似乎有些竭力鎮靜的不自然的表情。她跟著看門的老頭徐升急急地往裡走，經過我們面前時，她似乎對我們看了一眼，但是我們是三對眼睛將她瞪視著，她立刻現出非常窘迫的神氣，並且非常快的掉轉身子，向前去了。

「嘿！你們猜剛走過去的那個新學生，是哪一科的？咱們跟著瞧瞧去吧！」秀貞說著就站了起來。

「好，好。」淑芳也很同意地叫著，當然我也沒有反對的理

由，於是我們便追著她到了學監辦公處，我們如同把守門戶的將軍，向門兩邊一站；那位高身材略有幾個麻點的學監，抬頭看了我們一眼，但是她早已明白這些年輕人的好奇心理，所以她並不問我們什麼，只向那個新學生一看，然後問道：

「你是來報到的嗎？叫什麼名字？」

「是的，我叫張沁珠。」

「進哪一科的？」

「體育科。」

「你今天就搬進來嗎？……行李放在哪裡？」

「是，我想今天就搬進來，行李先放在號房。」

「你到這邊來，把這張單子填起來！」

那個張沁珠應了一聲，便向辦公桌走去，於是那位學監先生便回過身來，對我們含笑道：「你們來，別在那裡白站著看熱鬧……張淑芳，你是住在二十五號不是？我記得你們房裡有一個空位子？」

「不錯，是有一個，那是國文科程煌的位子，她送她母親的靈柩回南去了。」

「那麼就叫張沁珠補這個空位子，你們替我帶她去，好好地照應她，有什麼不清楚的事情，你們告訴她 —— 我就把這

一

件事交給你們了。」學監說完，又轉身對張沁珠道：

「你跟她們去吧！」張沁珠答應著退出來，跟著我們上了樓梯，沒有走多遠，就到了二十五號房的門口。張淑芳把門推開，讓沁珠進去。沁珠看見這屋子是長方形的，兩旁整整齊齊擺了四張木床，靠窗戶右邊那一架空著；其餘那三架都鋪著一色的白被單，上面放著洋式的大枕頭。有的上面繡著英文字，有的是十字布挑成的玫瑰花。

「請坐吧，張姊姊！」淑芳向沁珠招呼，同時又向我說道：「素文，請你下去叫老王到門房把張姊姊的行李送到這裡來。」

我便邀著秀貞同去，我們倆人一同走，一面談話，秀貞說：「素文，你覺得張沁珠怎樣？」

我說：「長得也沒有什麼特別漂亮，只是她那一對似蹙非蹙的眉毛；和一對好像老含著淚水的眼睛，怪招人喜歡的，是不是？」

「對了！我也是這樣說，不過我更愛她的豐度，真是有一股俏皮勁。」

我們談著已來到號房，老王正在那裡閉著眼睛打盹呢！我們大聲一嚷，把他嚇得跳了起來，揉著眼睛問道：「你們找哪

一位？」

　　秀貞和我都不禁笑道：「你還在作夢吧；我們找誰！——就是找你！」

　　老王這時已經認出我們來，說道：「原來是楊小姐和王小姐呵。」

　　「對了，你把新來張沁珠小姐的行李，扛到樓上二十五號去，快點！」我們交代完，就先跑回來了。不久老王就扛著行李進來了，他累得發喘，沿著褐黑色的兩頰流了兩道汗水，他將行李放在地上，並將鋪蓋卷的繩子打開，站起來道：「小姐們還有什麼事嗎？」

　　「沒事了，你去吧！」秀貞性急地叫著。淑芳含笑點頭道：

　　「你怎麼還是這個脾氣。」同時叫道：「老王慢著，你把這蚊帳給掛上。」老王爬上床去掛帳子。只見秀貞把鼻子向上聳了聳，兩個深黑而活潑的眼球向四圍一掃，憨態十分，惹得我們都大笑起來。沁珠走過去握著她的手道：「你真有意思！」淑芳接言道：「張姐姐，你不知道她是我們一級裡的有名的小皮猴。」

　　「別瞎說了！」秀貞叫道：「張姐姐，你不用聽淑芳姊的話，她是我們級裡出名賢慧的薛寶釵。」

一

沁珠笑道：「你們竟玩起這一套來，那麼誰是林黛玉呢？」

淑芳和秀貞都指著我笑道：「這不是嗎？」我自然給她們一個滑稽的鬼臉看。

大家笑著，已把沁珠的東西整理好。於是我們就一同下樓去參觀全校的布置，我們先繞著走廊走了一周，那一排的屋子，全是學生自修室和寢室，沒有什麼看頭，出了走廊的小門，便是一塊廣闊的空場，那裡設備著浪木，鞦韆，籃球架子，和種種的運動器具。在廣場的對面就是一間雄偉莊嚴的大禮堂，四面都裝著玻璃窗，由窗子外可以看見裡面一排排的椅子和莊嚴的講臺。再看四面的牆上掛著許多名人哲士的肖像，正中那面懸著一塊白底金字的大匾額，寫的是：「忠信篤敬」四個隸字；這是本校的校訓。穿過禮堂的廊子，另外有一個月亮門，那是通學校園的路，裡面砌著三角形的，梅花式的，半月形的種種花池，種著各式的花草，圍著學校園有一道很寬的走廊，漆著碧綠的顏色，非常清雅。

我們在校園玩了很久，才去看講堂 —— 那位置是在操場的前面，一座新蓋的大樓房，上下共分十二個講堂。我們先到體育科去，後來又到國文科去。它們的形式大約相同。沒有什麼意思，我們沒有多耽擱，就離開這裡。越過一個空院子，看見一個八角形的門，沿著門攀了碧綠的爬牆虎，我們走進去，

只見裡面另有一種幽雅清靜的趣味。不但花草長得特別茂盛，還有幾十根珍奇的翠竹，原來這是學校特設的病人療養院。在竹子後面有五間潔淨的病房，還有一位神氣很和藹的女看護，沁珠最喜歡這個地方。離竹屏不遠還有一座荼蘼架。這時，花已開殘，只有綠森森的葉子，偶爾還綴著一兩朵殘花，在花架旁邊，放著一張椅子，我們就在這裡坐了很久。自然，那時我們比現在更天真。我們談到鬼，談到神仙，有時也談到愛情小說。不過我們都太沒有經驗，無論談到哪一種問題，都好像雲彩走過天空，永遠不留什麼痕跡，等到我們聽見吃飯的鐘聲響了，才離開這裡到飯廳去，那是一間極大的廳堂，在寢室後面。裡面擺了五十張八仙桌，每桌上八個人，我們四個人找了靠窗邊的桌子坐下，等了一會，又來了四個不很熟識的同學。我們沉默著把飯吃完，便各自分散了。

晚上自修的時間，我去看沁珠，她正在低頭默想，桌上放著兩封信，一封是寄到她家裡去的。還有一封寫著：「西安公寓五號伍念秋先生。」

我走進去時，她似乎沒有想到，抬頭見了我時，她「啊！」了一聲，說道：「是你呀！我還以為是學監先生呢！」

我便問她：「為什麼不高興？」

她聽了這話，眼圈有點發紅，簡直要哭了，我便拉她出來

一

說：「今晚還沒有正式上自修課。我們出去走走，沒有什麼關係。」

她點點頭，把信放在抽屜裡，便跟我出來了；那夜月色很好，天氣又不涼不熱。我們便信步走到療養院的小花園裡去。景緻更比白天好了；清皎的月光，把翠竹的影子照在牆上，那竹影隨著夜風輕輕地擺動，使人疑畫疑真；至於那些疏疏密密的花草，也依樣的被月光映出活潑鮮明的影子，在那園子的地上。

我們坐在白天坐過的那張長椅子上，沁珠像是很不快活，她默默地望著多星點的蒼空，嘆了一口氣。

我也不由得心裡起了一陣莫名其妙的惆悵，後來忽聽沁珠低吟道：「東望故園路茫茫！」

「沁珠，你大約是害了思鄉病吧？」我禁不住這樣問她。她點點頭並不回答什麼，但是晶瑩的淚點從她眼角滾落到衣襟上了。我連忙握住她的手安慰道：「沁珠，你不要想家，這只不過是暫時的別離，三四個月後就放年假，到那時候你便可以回家快活去了。」

沁珠嘆息道：「你不知道我的情形 —— 我並不是離不開家，不過你知道我的父親太老了……在我將要離開他的頭一

天，我們全聚在我母親房裡談話，他用悲涼的眼睛望著我嘆息道：「我年紀老了，脫下今天的鞋，不知明天還穿得上不？！」的確，我父親是老了。他已經七十歲，頭髮全落淨，胸前一部二尺長的鬍鬚，完全白了，白得像銀子般。我每逢看見他，心裡就不免發緊，我知道這可怕的一天，不會很久就必定要來的。但是素文，你應得知道，他是我們家裡唯一的光明，倘使有一天這個光明失掉了，我們的家庭便要被黑暗愁苦所包圍……」她說到這裡，稍微停了一停，我便接著問道：「你家裡還有些什麼人？」

「我還有母親，哥哥，嫂嫂，姪女兒。」

「哥哥多大年紀了？」

「今年三十二歲。」

「那不是已經可以代替你父親來擔負家庭的責任嗎？」

「唉！事實不是那樣簡單。你猜你母親今年多大年紀？……我想你一定料不到她今年才四十八歲吧！我父親比她足足大了二十二歲，這不是相差得太多嗎！不過我母親是續弦，我的嫡母前二十年患肺病死了，她留下了我的哥哥。你知道，世界上難作的就是繼母。雖然我母親待他也和我一樣，但是他們之間的一種必然的隔閡，是很難打破的。所以家庭間時

一

常有不可說的暗愁籠罩著。至於嫂嫂呢，關係又更差著一層，所以平常對於我母親的關切，也只是面子事。有時也有些小衝突，不免使我母親傷心。不過有父親周旋其間，同時又有我在身旁，給她些安慰，總算還過得很好。現在呢，我是離她這樣遠，父親又是那樣大的年紀，真像是將要焚盡的綠蠟……」

沁珠的聲音有些哽咽了。她面色慘白，映著那清冷的月光，彷彿一朵經雨的慘白梨花，我由不得將手放在她的肩上 —— 雖然我個子年齡都還比她小，可是我竟像姊姊般撫慰著她。沉默了很久，她又接著說：

當時我聽了我父親所說的話，同時又想到家裡的情形，我便決意打消到北京來求學的念頭。我說：

「父親！讓我在家伴著你吧；北京我不願意去了。」父親聽了我這話，雖然他的嘴唇不住地掣動；但他到底鎮定了一時的悲感。他含著慈悲的笑容說道：「唉！珠兒你不要灰心！古人說過：『先意承志，才是大孝。』我一生辛苦讀了些書，雖然沒得到什麼大功名，然也就不容易。現在我老了很盼望後代子孫中有能繼我的遺志的。你哥哥呢，他比你大，又是個男孩，當然我應當厚望他。不過他天生對於學問無緣 —— 而你雖然是個女孩，難得你自小喜歡讀書，而且對於文學也很有興趣，所以我便決心好好地栽培你。去年你中學畢業時，我就想著叫

你到北京去升學。而你母親覺得你太年輕不放心，也就沒有提起。現在難得你自己有這個志願，你想我多麼高興！……至於我雖然老了，但精神還很健旺，一時不會就有什麼變故的，你可以放心前去。只要你努力用功，我就喜歡了。」

父親說了這些話，我也沒話可答。只有心下感激老人家對我的仁慈。不過我卻掩不住我悲酸的眼淚。父親似乎不忍心看我，他老人家站起來，走到窗前，看看天色，太陽離下山還有些時候，他便轉身對我說：「我今天打算到後山看看，珠兒跟我去吧！」

「怎麼又要到後山去嗎？」我母親焦急地說：「你的身子這兩天才健旺些，我瞧還是歇歇吧！不必去了，免得回頭心裡又不痛快！並且珠兒就要走，她的事情也多。」

「唉！」我父親嘆息了一聲說：「我正是因為珠兒就要走，所以叫她看看放心，我們去了就來，我絕不會不痛快，人生自古誰無死，況且我已經活到七十歲了，還有什麼不足？」我父親說話的時候，兩眼射出奕奕的光芒，彷彿已窺到死的神奇了。

我母親見攔不住他，便默默地扶了我姪女蕙兒，回到自己屋裡去了，不用說，她自然又是悄悄地去垂淚。我同父親上了竹轎，這時太陽已從樹梢頭移開，西方的山上，橫亙著五色的

一

霞彩，美麗嬌俏的山花，在殘陽影裡輕輕地點頭。我們兩頂竹
轎在山腰裡停下來，我扶著他向那栽有松柏樹的墳園裡去，晚
涼的微風從花叢裡帶來了馥郁的野花香，拂著老人胸前那部銀
鬚。同時聽見松濤激壯的響著，如同海上的悲歌。

　　沒有多少時候，我們已走近墳園的圍牆外了。只見那石門
的廣額，新刻著幾個半紅色的隸字：「張氏佳城」，那正是他
老人家的親筆。我們站在那裡，差不多兩分鐘的光景，我父親
在注視那幾個字以後，轉身向我說：「這幾個字寫得軟了，可
是我不願意求別人寫；我覺得一個人能在他活著的時候，安安
詳詳為自己安排身後事，那種心情是值得珍貴的 —— 生與死
是一個絕大的關頭，但能順從自然，不因生喜，不為死懼，便
可算得達人了。……並且珠幾你看這一帶的山勢，峰巒幽秀，
遠遠望過去一股氤氳的瑞氣，真可算全山最奇特的地方，這便
是我百年後的歸宿地；……聽說石壙已經砌好了，我們過去看
看。」

　　他老人家說著站了起來，我們慢慢地步向石壙邊去，只見
那壙縱橫一丈多，裡面全用一色水磨磚砌成的，很整齊，壙前
一個石龜，駝著一塊一丈高的石碑，只是還不曾刻上碑文。石
碑前面安放著石頭的長方形的祭桌，和幾張圓形的石凳。我父
親坐在正中的那張圓椅上，望著對山沉默無言。我獨自又繞著

石壙看了一週，心裡陡然覺得驚怕起來。彷彿那石壙裡有一股幽暗的黑煙浮蕩著，許多幽靈都在低低地嘆息──它們藏在生與死的界碑後面，在偷窺那位坐在石凳上，衰邁顫抖的老人的身體，恰像風中的白色蔓陀羅花，不久就要低垂著頭，和世界的一切分別了。咳！「『死』是怎樣的殘苛的名詞啊！」我不禁小聲地咒詛著。父親的眼光射到我這邊來。

這時日色漸漸邁過後山的頂峰，沉到地平線下面去了。剩下些光影的餘輝，淡淡地漾在淺藍色的天空裡，成群的蝙蝠開始飛出屋隙的巢窠，向灰黯色的帷幕下盤旋。分投四野覓食的群鳥，也都回林休息了。山林裡的墳園，在這灰暗的光色下，更是鬼影幢幢。我膽怯的扶著父親，找到歇在山腰的轎伕，一同乘轎回來。

第二天早晨，我便跟我父親的學生伍念秋結伴坐火車走了。可是深鏤心頭種種的傷痕，至今不能平復。今夜寫完家信，我想家的心更切了，唉！素文！人生真太沒意思啊！

我聽了沁珠的一段悲涼的述說，當然是同情她，不過！露沙！你知道我也是一個苦命的孩子，我的家鄉遠在貴州，雖然父母都沒有了，可是還有一個比我小的弟弟，現在正不知道怎樣。我想到這裡，眼淚也不由流了下來。我同沁珠互相倚靠著哭了一場，那時夜色已深，月影已到中天了。同學們早

一

已睡熟，我們倆人有些膽怯，才穿過幽深的樹影，回到寢室
去 ——— 這便是我同沁珠訂交的起頭。

二

　　在學校開學一個月以後，我同沁珠的交情也更深切了。她近來似乎已經習慣了學校的生活，想家的情感似乎也淡些。我同她雖不同科；但是我們的教室，是在一層樓上，所以我們很有親近的機會。每逢下課後，我們便在教室外面的寬大的走廊上散步，或者唱歌。

　　素文說到這裡，恰好賓來香的夥計送冰淇淋來，於是我們便圍在圓形的小藤桌旁，盡量的吃起來。素文一連吃了三碗，她才笑著叫道：「好，這才舒服啦！咱們坐下慢慢地再談。」我們在籐椅上坐下，於是她繼續著說道 ——

　　露沙！的確，學校的生活，實在是富有生機的，當然我們在學校的時候，誰都不覺得，現在回想起來，真感到過去的甜蜜。我記得每天早晨，那個老聽差的敲著有規律的起身鐘時，每個寢室裡便發出種種不同的聲音來。有的伸懶腰打哈欠，有的叫道：「某人昨晚我夢見我媽媽了，她給我做了一件極漂亮的大衣！」有的說；「我昨夜聽見某人在夢裡說情話。」於是同寢室的人都問她說什麼？那個人便高聲唱道：「哥哥我愛你！」這一來哄然的笑聲，衝破了一切。便連窗前柳樹上麻雀的叫囂

二

聲也都壓下去了。這裡的確是女兒的黃金世界。等到下了樓，到櫛沐室去，那就更有趣味了。在那麼一間非常長，甬道形的房屋裡，充滿著一層似霧似煙的水蒸汽，把玻璃窗都蒙得模模糊糊看不清楚。走進去只聞到一股噴人鼻子的香粉花露的氣息。一個個的女孩，對著一面菱花鏡裝扮著。那一種少女的嬌豔，和溫柔的姿態，真是別有風味。沁珠她的梳裝臺，正和我的連著，我們倆人每天都為了這醉人的空氣相視而笑。有時沁珠頭也不梳，只是站在那裡出神。有時她悄悄站在同學的身後，看人家對著鏡子梳頭，她在後面向人點頭微笑。

有一天我們從櫛沐室出來，已經過了早飯的時間，我們只得先到講堂去，預備上完課再吃點心。正走到過道的時候，碰見秀貞從另一面來了，她滿面含笑地說：

「沁珠姊！多樂啊，倫理學先生請假了。」

「是真的嗎？」沁珠懷疑地問道：「上禮拜他不就沒來上課嗎，怎麼又請假？」

「噯呀！什麼倫理學，那些道德論我真聽膩了，他今天不來那算造化，沁珠姊怎麼倒像有點失望呢？」

沁珠搖頭道：「我並不是失望；但是他也太愛請假了。拿著我們的光陰任意糟踏！」

「那不算稀罕，那個教手工的小腳王呢？她雖不告假，可是一樣地糟踏我們的時光。你照她那副尊容，和那喃喃不清的語聲，我只要上了她的課，就要頭疼。」

沁珠聽了秀貞形容王先生，不禁也笑了。她又問我道：「你們有她的課嗎？」

我說：「有一點鐘……我也不想上她的課呢！」

「你們什麼時候有她的課？」秀貞說。

「今天下午。」我說。

「不用上吧，我們下午一同到公園去看菊花不好嗎？」沁珠很同意，一定邀我同去，我說：「好吧，現在我還有功課，下午再見吧！」我們分手以後，沁珠和秀貞也到講堂看書去了。

午飯後，我們同到學監室去請假，藉詞參觀圖畫展覽會，這是個很正大的題目，所以學監一點不留難地准了我們的假。我們高高興興地出了校門，奔公園去，這時正是初秋的天氣，太陽發出金黃色的光輝，天庭如同明淨的玉盤，樹梢頭微微有秋風穿過，沙沙地響著。我們正走著，忽聽秀貞失驚的「呀」了一聲，好像遇到什麼意外了。我們都不覺一怔，再看她時，臉上紅紅的，低著頭一直往前走，淑芳禁不住追上去問道：

二

「小鬼頭你又耍什麼花槍呢？趁早告訴我們，不然咱們沒完！」

我同沁珠也緊走了兩步，說道：「你們倆人辦什麼交涉呢？」

淑芳道：「你們問秀貞，她看見了什麼寶貝？」

「呸！別瞎說你的吧！哪裡來的什麼寶貝？」秀貞含羞說。

「那麼你為什麼忽然失驚打怪地叫起來？」淑芳不服氣地追問她，秀貞只是低著頭不響，沁珠對淑芳笑道，「饒了她吧，淑芳姊！你瞧那小樣兒夠多麼可憐！」

淑芳說：「要不是沁珠姊的面子，我才不饒你呢！你們不知道，別看她平常傻子似的，那都是裝著玩。她的心眼可不少呢！上一次也是我們一齊上公園去，走到後面松樹林子裡，看見一個十八九歲的青年，背著臉坐著，她就批評人家說：『這個人獨自坐在這裡發痴，不知在想什麼心事呢？』我們也不知道她認識這個人，我們正在你一言我一語地談論人家呢，忽見那個人站了起來，向我們這邊含笑地走來。我們正不明白他什麼意思，只聽秀貞格格的笑說：『快點我們走吧！』正在這個時候，那個青年人已走到我們面前了，他恭恭敬敬地向秀貞鞠了一個很有禮貌的躬，說道：

『秀貞表妹，好久不見了！這幾位是貴同學吧？請到這邊坐坐好不好？』秀貞讓人家一招呼，她低著頭紅了臉，一聲也不哼，叫人家多麼窘啊！還是我可憐他，連忙答道：『我們前面還有朋友等著，不坐了。』……今天大概又是碰見那位表兄了吧！」

秀貞被淑芳說得不好意思，便頭裡跑了。當我們走到公園門口時，她已經把票買好，我們進了公園，便一直奔社稷壇去，那時來看菊花的人很不少，在馬路上，往來不絕地走著，我們來到大殿的石階時，只見裡面已擠滿了人，在大殿的中央，堆著一座菊花山。各種各色的菊花，都標著紅色紙條，上面寫著花名。有的含苞未放，有的半舒眼鉤；有的低垂粉頸；有的迎風作態，真是無美不備。同時在大殿的兩壁上，懸著許多菊花的名畫，有幾幅畫得十分生動，彷彿真的一樣。我們正看得出神，只見人叢裡擠過一個二十多歲的青年來，他梳著時髦的分頭，方正的前額，下面分列著一雙翠森森的濃眉；一對深沉多思的俊目，射出銳利的光彩來 —— 他走到沁珠的面前招呼道：

「密司張許久不見了，近來好嗎？」

沁珠陡然聽見有人叫她，不覺驚詫，但是看見是她父親的學生伍念秋時，便漸漸恢復了原狀答道：

二

「一切托福，密司特伍，都好吧，幾時來的？」

「多謝⋯⋯我今天一清早就來了，先在松林旁菊花畦那裡徘徊了一陣，又看了看黃仲則的詩集，不知不覺天已正午，就在前面吃了些點心，又到這裡來看菊花山；不想這麼巧，竟遇見密司張了。⋯⋯這幾位是貴同學嗎？」

沁珠點點頭，同時又替我們介紹了。後來我們要離開大殿時，忽聽伍念秋問沁珠道：「密司張，我昨天寄到貴校的一封信，你收到了嗎？」

「沒有收到，你是什麼時候寄的？」沁珠問他，他沉吟了一下說道：「昨天下午寄的，大約今天晚上總可以收到吧！」

伍念秋送我們到了社稷壇的前面，他便告辭仍回到大殿去。我們在公園裡吃了點心，太陽已下沉了，沁珠提議回去，秀貞微微一笑道：「我知道沁珠姊幹嘛這麼急著回去。」淑芳接口道：「只有你聰明，難道我還不知道嗎？」我看她們打趣沁珠，我不知道沁珠對於伍念秋究竟有沒有感情，所以我只偷眼望著沁珠，只見她頰上浮著兩朵紅雲，眼睛裡放出一種柔媚含情的光彩，鮮紅的嘴唇上浮著甜蜜的笑容，這正是少女鍾情時的表現。

到學校時，沁珠邀我陪她去拿信，我們走到信箱那裡，果

見有沁珠的兩封信，一封由她家裡來的。一封正是伍念秋寄給她的。沁珠拿著信說道：「我們到禮堂去吧，那裡有電燈。」我們一同來到禮堂，在頭一排的凳子上坐下，沁珠先將家信拆開看過，從她安慰的面容上，可以猜到她家裡的平安。她將家信放進衣袋，然後把伍念秋給她的信，小心地拆看，只見裡面裝著兩張淡綠色的花籤，展開花籤，那上面印著幾個深綠色的宋體字是：「唯有梅花知此恨，相逢月底恰無言。」旁邊另印著一行小字是：「念秋用籤。」僅僅這張信籤已深深地刺激了少女幽懷的情感。沁珠這時眼睛裡射出一種稀有的光彩，兩朵紅雲偷上雙頰。她似乎怕我覺察出她的祕密。故意裝作冷靜的神氣，一面自言自語道地：「不知有什麼事情。」這明明是很勉強的措辭，我只裝作不曾聽見，獨自跑到後面去看蘇格拉底和亞里斯多德的肖像。然而我老實說，我的眼波一直在注意著她。沒有多少時候，她將信看完了。默然躊躇了一番，不知什麼緣故，她竟決心叫我來看她的信。她含笑說：「你看他寫的信！……」我連忙走過去，從她手裡把信接過來只見上面寫道：

沁珠女士：

記得我們分別的那一天，正是夏蟬拖著瘖啞的殘聲，在柳梢頭作最後的呻吟。經過御河橋時，河裡的水芙蓉也是殘妝黯淡。……現在呢？庭前的老桂樹，滿綴了金黃的星點，東籬的

菊花，各著冷豔的秋裝，挺立風前露下。宇宙間的一切，都隨時序而變更了。人類的心弦，當然也彈出不同的音調。

　　我獨自住在旅館裡，對於這種冷清環境，尤覺異樣的寂寞，很想到貴校邀女士一談，又恐貴校功課繁忙，或不得暇。因此不敢造次！

　　說到作舊詩，我也是初學，不敢教你，不過我極希望同你共同研究，幾時光臨，我當煮香茗，掃花徑恭迓，怎樣？我在這裡深深地盼望著呢！

念秋

　　「這倒是一封很俏皮的情書呢！」我打趣地對沁珠說，她沒有響。只用勁捏著我的手腕一笑。但是我準知道；她的心在急速地跳躍，有一朵從來沒有開過的花，現在從她天真的童心中含著嬌羞開放了。她現在的表情怎樣與從前不同呀！似乎永遠關閉空園裡，忽然長滿了美麗的花朵。皎潔的月光，同時也籠罩她們。一切都賦有新生命，我將信交還她時，我忽然想起一個朋友寫的一首詩，正合乎現在沁珠的心情，我說：

　　「沁珠！讓我念一首詩你聽：」

　　我不說愛是怎樣神祕，

　　你只看我的雙睛，

燃有熱情火花的美麗；

你只看我的香唇，

浮漾著玫瑰般的甜蜜；

這便是一切的驚奇！

　　她聽了含羞地笑道：「這是你作的嗎？描寫得真對。」我說：「你現在正在『愛』，當然能了解這首詩的妙處，而照我看來，只是一首詩罷了。」我們沿著禮堂外面的迴廊散著步，她的腳步是那樣輕盈，她的心情正像一朵飄蕩的雲，我知道她正幻想著炫麗的前途。但是我不知道她「愛」到什麼程度？很願知道他和她相識的經過，我便問她。她並不曾拒絕，說道：

　　「也許我現在是在『愛』，不過這故事卻是很平凡。伍 —— 他是我父親的學生，在家鄉時我並沒有會過他，不過這一次我到北京來，父親不放心，就托他照應我 —— 因為他也正要走這條路 —— 我們同坐在一輛車子裡，當那些同車的旅客們，漠然的讓這火車將他們載了前去，什麼都不管地打著盹，我是怎樣無聊啊！正在這時候，忽聽火車汽笛發出睏倦的哀嘶，車便停住了。我望窗外一看，見站臺上的地名正是娘子關。這是一個大站頭，有半點鐘的耽擱，所以那些蜷伏在車位裡的旅客，都趁機會下車活動去了。那時他走來邀我下去散散步。我當然很願意，因為在車上坐得太久，身體都有些發麻

二

了。我們一同下了車，就在那一帶垂柳的下面走著。車站的四圍都是稻田，麥子地，這些麥子有的已經結了穗，露出嫩黃的顏色，襯著碧綠的麥葉，非常美麗，較遠的地方，便是高低參差的山群，和陡險的關隘，我們一面看著這些景緻，一面談著話。這些話自然都是很平淡的，不過從這次談話以後，我們比較熟多了。後來到了北京，我住在一個旅館裡，他天天都來照應我，所以我們的交情便一天一天增加了，不過到現在止，還只是一個很普通的朋友⋯⋯」

「事實雖然還是個起頭，不過我替你算命，不久你們都要沉入愛河的。」我這樣猜度她，她也覺得這話有幾分合理，在晚飯的鐘聲響時，我們便離開這裡了。

三

　　在一個秋天的下午，西安公寓的五號房間的玻璃窗上，正閃動著一道霞光。那霞光正照著書案上一隻淡綠色的玉瓶裡的三朵紅色的玫瑰花。案前的椅子上，坐了一個二十五六歲的青年，在批閱一本唐詩。隔壁房間的鐘聲，正敲了四下。那個青年有些焦躁的站了起來，自言自語道地：「四點鐘了，怎麼還不來？」他走到房門口，掀著布門簾，向外張著。但是院子裡靜悄悄的一個人影都沒有。同院住的三個大學生都各自鎖了房門出去了 —— 今天是星期六，又是一個很美麗的秋天，自然他們都要出去追尋快樂。他顯得很無聊地放下簾子。仍舊坐在案前的籐椅上。翻了兩頁書，還是沒意思。只得點上一根三炮臺煙吸著，隔壁滴嗒滴嗒的鐘擺聲，特別聽得分明，這更使他焦灼，五點鐘打過了，他所渴望的人兒還不曾來。當他打算打電話去問時，忽聽見院子裡皮鞋響，一個女人的聲音叫道：

　　「伍先生在家嗎？」

　　「哦，在家，密司張請進來坐吧！」

　　這是沁珠第一次去拜訪伍念秋，當然他們的談話是比較的平淡。不過沁珠回來對我講，他們今天談得很對勁，她說當她

三

看見伍念秋在看唐詩，於是她便和他談論到「詩」的問題，她
對伍念秋說：密司特伍近來作詩吧？……我很歡喜舊詩，雖然
現在提倡新文學的人，都說舊詩太重形式，沒有靈魂，是一種
死的文學。但我卻不盡以為然，古人的作品裡，也盡多出自然
的。像李太白、蘇東坡他們的作品，不但有情趣有思想，而遣
詞造句也都非常美麗活躍，何嘗盡是死文學？並且我絕對不承
認文學有新舊的畛域，只要含有文學組成要素的便算是文學、
沒有的便不宜稱為文學。至於各式各種用以表現的形式的問
題，自然可隨時代而變遷的。

　　伍，他很贊同我的意見，自然他回答我的話，有些不免過
於褒揚。他說：「女士的議論真是透闢極了，可以說已窺到文
學的三昧。」

　　我們這樣談著，混過了兩個鐘頭，那時房裡的光線漸漸暗
下來，我覺得應當走了，而茶房剛好走進來問道：「伍先生不
開飯嗎？」我連忙說，我要告辭了，現在已經快七點了。伍他
似乎很失望的，他說：「今天是星期六，稍晚些回去，也沒有
什麼關係的；就在這裡吃了晚飯去，我知道現在已過了貴校開
飯的時間……」他這樣說著竟不等我的同意，便對茶房道：「你
開兩份客飯，再添幾樣可口的菜來。」茶房應聲走了。我見他
這樣誠意，便不好再說什麼，只好重新坐下，一陣穿過紗窗的

晚風；挾了玫瑰的清香，我不覺注意到他案頭所擺的那些花。我走近桌旁將玉瓶舉近胸口，嗅了嗅，我說：「這花真美 —— 尤其是插在這個瓶子裡。」伍聽了連忙笑道：「敬以奉贈，如何？」

「哦，你自己擺著吧！奪人之愛未免太自私了！」我這樣回答，他說：「不，我雖然很愛這幾朵花，但是這含義太簡單，還是送給你的好 —— 回頭走的時候，你連瓶子一齊帶去吧！」

我不願意再說什麼，只淡淡地答道：「回頭再說吧！」可是伍他不時偷眼向我看，我知道他正在揣摸我的心思。不久晚飯開進來了，我在一張鋪著報紙的方桌前坐下，伍他從斑竹的書架上取出一瓶法國帶來的紅酒，和兩個刻花的白色的玻璃杯，他斟了一杯放在我的面前，然後自己也斟上，他看著我笑道：

「這是一杯充滿藝術風味的酒，愛好藝術的人當滿飲一杯！」

這酒的確太好看了，鮮紅濃醇，裝在那樣小巧的玻璃杯裡，真是紅白分明，我不禁喜得跳了起來道：

「啊，這才是美酒！在一點一滴中，都似乎泛溢著夢幻的美麗，多謝！密司特伍。」我端在唇邊嘗了一口「啊！又是這

般醉人的甜蜜！」我不禁讚嘆著。但是我的酒量有限，平常雖是喜鬧酒，實在是喝不了多少。今天因為這酒又甜又好看，我不免多喝了兩口。只覺一股熱潮由心頭衝到臉上來，兩頰好像火般燒了起來，四肢覺得軟弱無力，我便斜靠在籐椅上，伍他也喝了不少，不過他沒有醉。他替我剝了一個橘子，站在我的身旁，一瓣瓣地往我口裡送，唉！他的眼裡充滿著異樣的光波，他低聲地叫我「沁珠」，他說：「你覺得怎樣？」我說；「有些醉了，但是不要緊！」他後來叫茶房打了一盆滾熱的洗臉水，替我攪了毛巾把，我洗過臉之後，又喝了一杯濃茶，覺得神志清楚些了。我便站起來道：「現在可不能再耽擱了，我須得立刻回學校去。」

「好吧，但是我們幾時再見呢？」他問。

「幾時啊？」我躊躇著道：「你說吧！」

他想了想說：「最好就是明天吧！……你看這樣美麗的天氣，不是我們年輕人最好的日子嗎？……我們明天一早，趁宿露未全乾時，我們到郊外的頤和園去，在那種環境裡，是富有詩意的，我們可以流連一天，隨便看看昆明湖的綠漪清波，或談談文藝都好……」

我被他這些話打動了遊興，便答應他：「可以去。」我們並約定八點以前，他來學校和我同去。我便回去了。

到學校的時候，已經八點半了，我走到自修室裡，只有一個姓袁的同學，她在那裡寫家信，其餘的同學多半都去睡了。自然明日是假期，誰也不肯多用功，平常到了這種日子，我心裡總覺得悵悵地不好過，因為同學多半都回家省親去，而我獨自一個冷清清留在這裡，是多麼無聊！倘使你和秀貞都在學校還好，而秀貞她這裡有家，她每星期必回去。你呢，又有什麼同鄉接出去玩，剩我一個人落了單，我只有獨自坐在院子裡望著天上的行雲。想像我久隔的家庭和年邁的父母。唉！我常常都是流著眼淚度過這對於我毫無好處的假期 —— 有時候我看見你們那麼歡喜的，由櫛沐室出來，手裡拖著包袱往外走，我真是忌妒得心裡冒出火來，彷彿你們故意打趣我！

　　「但是，現在你可不用忌妒我們了？」我打斷了她的話，她微微地笑道：「有時我想家，還要忌妒你們。不過我現在也有朋友了。倘使在你們得意揚揚地走過我面前時，我也會作出驕傲的面孔來抵制你們的。」

　　「你們第二天到頤和園去，一定很有意思，是不是？」我向沁珠這樣追問，她說：「我從伍那裡回來的那夜，我心裡是有無限的熱望，人生還是有趣味的。並且那夜的月色非常晶瑩，我走到樓上去睡時，月兒的光波正照在我床上，我將臉貼著枕頭，非常舒適地睡了，第二天我六點鐘就起來了。我先到

三

櫛沐室洗過頭髮，院子裡的陽光正晒在鞦韆架的柱子上，我披散著未乾的頭髮坐在鞦韆板上，輕輕地蕩著。微風吹著我的散髮，如游絲般在陽光裡閃亮。有幾隻雲雀飛過鞦韆架的頂巔落在垂枝的柳樹上，嘹亮的唱著。早晨的空氣帶了些青草的清香，我的精神是怎樣的快啊！不久頭髮已晒乾了。我就回到櫛沐室，鬆鬆地盤了一個 □ 髻。裝扮齊整，我舉著輕快的腳步走出了櫛沐室，迎面正碰見同班的李文瀾，她才從溫暖的被裡出來，頭髮紛亂的披在頭上，兩隻眼睛似睜非睜的，一副嬌懶的表情，使人明白她是才從惆悵的夢裡醒來。她最近和我很談得來 —— 你知道她有時是真與眾不同，在她青春的臉上，表現著少女的幽默。她見了我便站住說道：『沁珠，你今天顯得特別美麗……我想絕不是秋天的冷風打動了你的心。告訴我，近來你藏著什麼驚奇的祕密！』」

「『哦，一切還是一樣的，平凡單調沒有一點變動 —— 不過秋天的天氣太誘惑人了，它使我們動了遊興，今天邀了幾個朋友出城去玩，你呢，不打算出去嗎？』」

「『我嗎？一直就沒有想到這一層。今天天氣倒是不壞，太陽似乎特別燦爛，風也不大；這樣的時光，正是青年人追尋快樂的日子，不是嗎？……不過我是一個例外，似乎這樣太好的天氣，只有長日睡著作夢的好。』文瀾說著笑了一笑又說道：

『祝你今天快樂，再會吧！』她匆匆地到櫛沐室去了。我一直瞧著她的背影不禁暗暗點頭嘆道：『這個傢伙真有點特別！』文瀾的舉動言談，似乎都含著一種銳利的刺激性，常常為了她的一半言語，引起我許多的幻想，今天她這句話，顯然又使我受了暗示，我不到自修室去，信步走到操場，心頭似乎壓著一塊重鉛，悵惘的情調將我整個地包圍住。」

「『張沁珠小姐有人找。』似乎徐升的聲音。我來到前院的迴廊裡，果見徐升站在那裡張望，我問道：『是叫我嗎？』他點頭道：『是，伍先生來看你。』我到房裡拿了小皮包去會他。在八點鐘的時候，我們已來在西直門的馬路上了，早晨的郊外，空氣特別清冷，麥田裡的宿露未乾，昨夜似乎還下了霜，一層薄薄的白色結晶鋪在有些黃了的綠草上。對面吹來的風，已含了些鋒利的味道。至於馬路兩旁的綠柳，也都大半凋零了。在閃動的光線下，露出寒傖的戰抖。那遠些地方的墳園裡，白楊樹發出嗦嗦喳喳的聲響。彷彿無數的幽靈在合唱。在這種又冷豔，又遼闊的旅途中，我們的心是各自蕩漾著不可明說的熱情。」

「不久便到了頤和園。我們進門，看見小小的土坡上，閃著黃色小朵的野菊，狗尾巴草如同一個簡鄙的樵夫，追隨著有點野性的牧羊女兒，夾雜在黃花叢裡，不住向它們點頭致敬。

三

我們上了小土山，爬過一個不很高的山峰，便看見那碧波瀲灩
的昆明湖了。據說這湖是由天下第一泉的水彙集而成的。比一
切的水都瑩潔，我們下了山，沿著湖邊走去。的確，那水是
特別清澄，好像從透明的玻璃中窺物 —— 那些鋪在湖底平滑
的青苔，柔軟光滑，同電燈光下的絲絨毯一樣的美麗可愛。還
有各種的水草，在微風搧動湖水時，它們也輕輕地舞了起來。
不少的游魚在水草縫裡鑽出鑽進，這真是非常富有自然美的環
境。我們一時不忍離去。便在湖邊撿了一塊乾淨的石頭坐下，
我們的影子碧清地倒映水面。當我瞥見時，腦子裡浮起了許多
的幻想，我不禁嘆息說：『唉！這裡是怎樣醉人的境地啊！倘
使能夠長久如此便好了……便是怎麼能夠呢？』」

「『事在人為，』伍他這樣說：『上帝製造了世界，不但給
人們苦惱，同時也給人們快樂的。』」

「『那麼快樂以後就要繼之以苦惱了，或者說有了苦惱，
然後才有快樂。果然如此，人間將永無美滿，對嗎？』我這樣
回答他。伍似乎也有些被我的話所打擊，當他低頭凝想，在水
中的影子裡，我看見他眼裡悵惘的光波，但是後來他是那樣地
答覆我，他說：

「『快樂和苦惱有時似乎是循環的。即所謂樂極生悲的道
理，不過也有例外，只要我們一直的追求快樂，自然就不會苦

惱了。』」

「『但是人間的事情是概不由人的啊！也許你不信運命。不過我覺得人類的一生，的確被運命所支配呢！比如在無量眾生之中，我們竟認識了。這也不能說不是運命，至於我們認識之後怎麼樣呢？這也由不了我們自己，只有看運命之神的高興了。你覺得我這話不對嗎？』」

「伍他真被我的議論所震嚇了。他不能再說一句話來反駁我。只是仰面對著如洗的蒼空，噓了一口長氣 —— 我們彼此沉默著，暗暗地卜我們未來的命運。」

「這時離我們約三丈外的疏林後面，有幾個人影在移動，他們穿過藤花架，漸漸走近了。原來是一個男人兩個女人，那個男人大約二十四五歲吧，穿了一套淡咖啡色的洋服，手裡提著一隻照相匣，從他的舉止態度上說，他還是一個時髦的，但缺乏經驗的青年。那兩個女人年紀還輕，都不過二十上下吧，也一律是女學生式的裝束，在淡素之中，藏著俏皮。並且她們走路談話的神氣，更是表現著學生們獨具的大方與活潑。倆人手裡都拿著簫笛一類的中國樂器。在她們充滿血色的皮膚上，泛著微微的笑容，她們低聲談著話，從我們面前走過，但是我們看見他們在注意我們，這使我們莫名其妙地著了忙，只好低了頭避開她們探究的目光。那三個人在湖邊站了幾分鐘，就折

三

向右面的迴廊去，我們依然坐在這裡繼續的談著。」

「『沁珠！』伍他用柔和的聲音喊我的名字。」

「『什麼？』我說。」

「『我常想像一種富有詩意的生活 —— 有這麼一天，我能同一個了解我的異性朋友，在一所幽雅的房子裡同住著，每天讀讀詩歌，和其他的文藝作品。有時高興誰也可以盡量寫出來，互相品評研究 —— 就這樣過了一生，你說我的想像終久只是想像嗎？』伍說。」

「『也許有實現的可能吧！因為這不見得是太困難的企圖，是不是？』我說。」

「伍微微地笑了笑。」

「一陣笛聲從山坡後面吹過來，水波似乎都被這聲浪所震動了。它們輕輕地拍著湖岸的石頭，發出潺潺的聲響。這個聲音，打斷了我們的談話。大約經過一刻鐘笛聲才停住了，遠遠看見適才走過的那三個年輕人的影子，轉過後山向石船那邊走去。時間已過午了，我們都有些餓，找了一個小館子吃了一頓簡單的飯。我們又沿著昆明湖繞了大半個圈子，雇了一隻小划子在湖裡蕩了很久，太陽已經落在山巔上了。湖裡的水被夕陽照成絳紅的淺紫的橙黃的各種耀眼的顏色。我們將划子開到

小碼頭上，下了船仍沿著湖堤走出園去，我們的車子回到城裡時，已經六點半了，伍還要邀我到西長安街去吃晚飯，我覺得倦了，便辭了他回學校來……」

「這可以說是沁珠浪漫史的開始。」素文述說到這裡，加了這麼一句話，同時她拿起一個鮮紅的蘋果，大口的嚼著。

「有了開始當然還有下文了。」我說。

「自然，你等等，我歇歇再說。」素文將蘋果核丟在痰盂裡，才又繼續說下去。

三

四

　　四點鐘以後，各科的功課都完了，那些用功的同學，都到圖書館和自修室去用功。但有一部分的同學，她們懶洋洋地坐在綠欄杆上，每人身上披了一條絨線的圍巾，晒著太陽，款款地談著。最近，她們得了一個新題目就是研究「戀愛」。在她們之中有一位叫常秀卿的同學，最近和一個某大學的教授來往得非常親密。每日下課以後，總有電話來邀她出去。常常很晚才回學校，本來學校的規矩，九點鐘就關上大門，但在大門的左邊，卻開了一個小門，另派看門的守著，非到十二點鍾不許關門，因此她們進進出出非常方便。

　　這一天綠欄杆上，照例又有三四個人在那裡晒太陽閒談。遠遠看見常秀卿從櫛沐室裡出來，頭髮燙成水波紋的樣式，蓋著一個圓圓的腦袋，臉上擦著香粉胭脂，好像才開的桃花，身上披了一件秋天穿的駝絨絳色的呢大氅，嘴裡哼著曲子，從她們面前走過。

　　「喂！老常！幾時請我們吃糖啊？」文科的小李笑著問 —— 原來這是一個典故。因為有一次有一個同學，她和人定婚時，曾帶回幾盒子巧古利糖，分給大家吃，從此以後「吃

四

糖」便成了訂婚的代名詞了。

常秀卿聽見小李這樣問她，向她聳聳肩說道：「快啦，快啦，你們等著吧！」她說完便到外面去了。小李似乎有些牢騷，她嘆了一口氣道：「哪天我也找個愛人玩玩，你看她那股勁！」

「那是人家有了愛人，心是充實的，你呢？」小張接著說。

「唉，算了吧，要想找愛人，那還不容易？只要小姐高興，立刻就圍上一大堆，不過我還沒那麼大工夫應酬他們。」

「得了，別不害羞吧，你們滿嘴裡胡論些什麼？真是年頭變了，一個千金小姐，專要說野話！」那位胖子杜大姐接言了。

「大姐，你別惱？你說我們不害羞嗎？我瞧並不是那麼回事，還是大姐沒找到落，所以拿我們出氣吧！」小李說。

「小李，那算你沒猜透，人家大姐怎麼沒落，昨天我才看見一個留著小鬍子的軍官來找她……大姐那是誰啊？」小張含笑向著杜大姐說。

杜大姐啐了一口道：「那是我的姪兒，你們真沒得說了，胡扯胡拉的。」

「哦，原來那是大姐的姪兒啊！那麼我給你介紹一個姪兒

媳婦吧！」

小張說。

「那倒好，我這個姪兒今年二十四歲，還沒有訂婚呢。……你打算介紹哪一個呢？」

「哪一個你猜吧！咱們這一堆裡就有人崇拜英雄，非是軍官老爺看不上。」小張說著不住用眼看著小李笑 —— 小李年紀雖只有二十歲，可是個子長得很高，她有一次說，你瞧我這個身量除了軍官，跟別人走在一塊真不像樣。所以小張今天才和她開玩笑。小李紅著臉過來，揪住小張罵道：「爛舌頭的丫頭，你再亂說！」一面罵著，一面用手搔她的脅下，小張一面掙扎，一面求饒道：「好姐姐，饒了我吧！再也不說你啦。」杜大姐見小張哀求得可憐，便道：「瞧我吧！」一面把小李拉了起來，替她理著亂蓬蓬的短髮道：「來，讓姐姐給你梳梳頭。」小張只是看著小李笑，小李又要跑過來搔她，正好沁珠走過來說道：「你們鬧什麼呢？」

「你來得不巧，她們的花樣多著呢，可惜你沒看見！」杜大姐說。

「什麼事呢？大姐告訴我吧！」沁珠央求著說。

小張連忙跑過來插嘴道：「大姐先別告訴她，你先問問她

那件事，看她怎麼說，她要好好地告訴咱們，自然咱們也告訴她，不然咱們也不說。」

沁珠聽了這話，有些含羞，微笑著道：「你瞧小張不是瘋了嗎？我又有什麼短處，讓你們拿著把柄了嗎？」

「那是，有點，你別裝正經人吧！你告訴我們那天和你在頤和園的那人是誰？——倒是一個怪漂亮的人物，稱得起小白臉，你說吧，那是誰？」小張歪著腦袋看著沁珠問。

「怎麼，你也上頤和園去了嗎？我為什麼沒有看見你呢？」沁珠懷疑著問。

「那就不用管啦，我沒去，我就不許有耳報神了嗎？你不用『王顧左右而言它』。你，直捷了當地說吧！那位小白臉到底是誰？」小張緊接著追問，沁珠被她逼得沒法道：

「誰？不過朋友罷了！這年頭誰沒有幾個朋友呢。」

「朋友嗎，還待考，我瞧世界上就沒有那麼特別的朋友？」小張故意挑釁地說。小李接著道：「沁珠姊，你別那麼不開通，這個年頭有了愛人是體面，你沒瞧見常秀卿嗎？她每次和她的愛人出去玩，回來總要向我們描述一大篇。而你卻偏藏頭露尾！」沁珠「咳」了一聲道：「你們真是有點神經病吧，怎麼越說越不像話，真的，我不騙你們，那個人只是我新交的

一個朋友罷了！」

　　「好吧，就算是朋友，那也沒什麼關係，因為朋友正是愛人的預備軍，沁珠你說是不是？」沁珠聽了小李的話，不覺心裡一動，她想小李的話，也許是真的。近來她腦子裡，滿是伍念秋的印象。不論伍念秋的一舉一動一言一笑，似乎都能使她的心弦起異樣的變化。當時她只笑了笑，說道：「我還有事呢，不同你們瞎說了！」

　　「你要走嗎？那不成，告訴我們他姓什麼？」小張攔住沁珠說，沁珠還不曾答言，杜大姐過來，把小張拉開了，她對沁珠道：「沁珠走吧，不用理這兩個小無賴！」沁珠笑著去找我，那時我正在操場打著網球，只聽有人喊我，回頭一看正是沁珠，她說：「素文！一下午你到什麼地方去了？我到你課堂，自修室，都找遍了，也沒找到你，難道你一直在操場裡嗎？」

　　「不。」我說：「下課後我洗了一個澡，後來碰見小袁，她要打球，我就同她到操場來了！你呢？幹些什麼事，伍來過沒有？」

　　「沒來，他今天出城去看朋友，沒有工夫來。……我因為找你不見，正好碰見小張小李和杜大姐，在綠欄杆上坐著談天，我也和她們鬼混了一陣。」

🌸 四

「她們說些什麼呢？」我問。

「那還有什麼新鮮題目，總不過『戀愛』問題罷了。」

「聽見常秀卿要訂婚的消息嗎？」

「她們倒沒提到這一層，但有一件事我真覺得奇怪。我同伍到頤和園去，小李她們怎麼會知道呢？」

「哦，你那天在頤和園碰見什麼人沒有？」

「那天園裡遊人很少，我只碰見兩個年輕的女學生同著一個男學生。」

「那就是了，你知道那個男學生就是小張的哥哥，他也認得你，一定是他對小張說的。」

「奇怪啦，小張的哥哥怎麼認得我呢？」

「怎麼不認識你。上次我們在南海公園，不是遇見他們一次嗎？」沁珠聽了這話，低頭思量半天，果然想起來是有這麼回事，說道：「我說呢……原來是她說的，那就是了……你們的 game 完了嗎？」

「快啦！你稍微等一等，兩分鐘準完。」

「我們上哪兒去呢？」我向沁珠說，當我打完球的時候。

「我今天有許多話要和你談，我們出去吃飯好不好？」我說：「也好吧，但是上哪兒去呢？」我們商量了半天，最後決

定到西吉慶去。那裡沒有什麼人，說話方便。我將球拍子放在自修室裡，同沁珠到學監室寫了請假條，便奔西吉慶去。那時候已經快六點了，我們叫了兩份大菜，一面吃一面談話。

沁珠正吃著一塊炸桂魚，忽然間她將刀叉放下，嘆了一口氣道：「素文你瞧我該怎麼辦？」

「什麼事情呢？」我問。

「就是關於伍的問題啊……他曾經向我表示，但我是沒有經驗的，你看我多難啊？」

「表示了！到底怎樣表示的呢？」

「前天我不是一早就出去了嗎？……我們又出城了，但不是到頤和園……」

「那麼是到西山去了？」我接著問。

「對了，你怎麼一猜就著。」沁珠這樣問我。

「自然，西山是很好講戀愛的環境，地方既美，遊人又少，你們坐什麼車子去的。」

「早晨是坐公共汽車去的，晚上坐洋車回來的。」

「伍對你說些什麼？」

「起初我們談些不關緊要的問題，後來我們倆人上了碧雲寺的石階，那裡有一所小園子，非常幽靜，我們就在一塊石頭

上坐下，伍陡然握住我的手，他的臉色像彩霞一般紅，兩眼裡似乎含著淚，他顫抖的聲音，使我驚詫，我低了頭不敢向他看，只聽見他低聲叫道『珠妹！……』這是他對我第一次這樣親暱的稱呼，你想我將怎樣的驚嚇？我並不答應他，但是他又說了，『唉！親愛的珠妹！在這個世界上，你是唯一使我受苦的人！』」

「我連忙問道：『這話怎麼講？我並沒有作什麼事情啊！伍將我的手握得更緊了。並且他還不住地發抖。唉！素文，當時我簡直要哭出來了。我說，『你到底有什麼話？直截了當地說吧！』伍又嘆了一口氣道：『珠妹 —— 聰明的珠妹，我告訴你，我是世界上第一個恨人，我的命運太壞，我今年整整活了二十五歲，但是我沒有得到一天的幸福，你想我多麼可憐？』伍這些話我真不明白，是什麼意思。我說：『你為什麼不自己去追求幸福呢？』伍連忙問我道：『倘使我追求幸福，你能允許我嗎？』我說：『這話不對，怎麼我會有權力不許你追求幸福呢？』」

「唉！珠妹！不是這個話，你知道世界之上，只有你能賜給我幸福啊！」

素文，你想他這話不是明明一步緊上一步嗎？其實呢，我對於他也不能說沒有感情。不過我年紀還太輕，我不敢就同人

講愛情。並且我的父親年紀老了，將來母親的責任是要我負的。我不願意這麼早提到婚姻問題，我便對伍說道：「你的意思我現在明白了，不過我覺得只要我們彼此了解，互相勉勵，互相安慰，也就可以很幸福的不是嗎？……」

「是啊，我希望的就是我們終身相勉勵相安慰的生活……」

我一聽這話，知道他是故意不放鬆人，我就又解釋說：「我們永遠作個道義的朋友吧！」伍自然有些失望。不過他也沒再說什麼。後來又有人走上來了，我們就離開碧雲寺，逛了羅漢堂就雇洋車進城了。……昨天我又接到他的一封信，他發了滿紙的牢騷。我還沒回他的信，你說我該怎麼辦？」我聽完沁珠這一段故事，覺得這真是個不大容易對付的題目。沁珠現在雖是不大願意對伍表示什麼。但是我準知道，她已經陷到情網裡去了。在這種情形下，我再不容易出什麼主意，我躊躇了很久才答道：

「據我想你們倆人一隻腳已經陷入了情海了，至於那一隻腳，應當抽回呢，還是應當也隨著下去，我看就任其自然吧，如果要勉強怎麼做，那只都是招來苦惱的。」

「那麼回信怎麼寫呢？」沁珠說。

四

「你就含含糊糊地對付他，看他以後的態度怎樣再說。總之他倘是真心愛你，當然還有表示……」

沁珠贊成我的提議，於是這個問題暫時就算告了一個段落，我們也就離開西吉慶回學校去了。

五

　　從這一次談話以後，正碰到學校裡大考，我和沁珠彼此都忙著預備功課，竟有一個星期沒在一處談話，有時在講堂的甬道上遇見，也只點點頭匆匆地各自走開。一個星期的大考過去了，我把講義書本稍微理了一理，心裡似乎寬鬆了，便想去找沁珠出去玩玩。我先到她的講堂去找她，沒有遇到。只見文瀾坐在那裡發呆，我跑過去招呼她，她含笑說：「你是來看沁珠不是？她老早就出去了。唉！『感情』兩個字真夠害人的！沁珠這兩天差不多天天出去，昨天回來以後，不知為什麼，伏在桌子上大哭起來。晚上也不曾吃飯。我問她，她也不肯說。本來想去找你，碰巧你也不在學校裡，後來打了熄燈鈴，她才上樓去睡……」我聽文瀾的一段報告，心裡也是猜疑，但是我想大約總是她和伍之間的糾葛。等她回來時再問她吧！我辭了文瀾獨自回到自修室，接到我家鄉的來信，說我兄弟很想出來唸書，但是家裡的古董買賣，近來也不賺錢，經費沒有著落。而我呢，也在求學時代，更是沒有辦法。心裡只有煩悶的份，書也看不下去。一個人跑到院子裡，站在乾枯的海棠樹下發怔。忽見沁珠滿面愁容地從外面進來。我一見了她不禁衝口喊道，

「沁珠，你這幾天究竟到什麼地方去了？找你也找不著！」沁珠點頭叫我道：「你來，素文！……」我便走到她面前說：「什麼事？」她說：「我們到後面操場上去談吧！」我們彼此沉默著，經過一道迴廊，和講堂的穿堂門，便到了操場。那時候因為學校正在假期中，所以同學們多半都回家，只有少數的人住在學校裡，況且又是冬天，操場上一個人都沒有。我同沁珠就在淡弱的太陽光波下面，慢慢散著步，同時沁珠向我敘述她這幾天以內的經過。她說：

「那天我和你談完話以後，我回去便給伍寫了一封回信，大意是說：『他的痛苦我很願意幫他解除，我願意和他作一個很親近的朋友。』這封信寄出去之後過了兩天，他自己又到學校來看我。並且說有要緊的話和我談，叫我即刻到他公寓裡去。那天我正考倫理，下午倒沒有功課。我叫他先回去，等我考完就去找他，唉！素文，那時我心裡是多麼不安啊！我猜想了許多可怕的現象。使我自己幾乎不能掙扎，胡亂把倫理考完，就跑到公寓去，我進了伍的屋子，只見他面色慘白，兩隻眼怔怔地看著我，似乎有什麼嚴重的消息，就要從他顫抖著的唇邊發出來。而他自己也像吃不住似的。我受了這種暗示，心裡更加緊張了，連問的勇氣也沒有了。沉默了許久之後，伍忽然走近我的身旁，扶著我的膝蓋跪下去，將灼熱的頭放在我

的手上，一股淚水打溼了我的手背。我發抖地問道：『啊，怎樣？……』我說不下去了。淚液哽住我的咽喉。後來伍抬起他那掛著淚珠而蒼白的臉說道：『沁珠！倘使有一天你知道了我的祕密以後，你還愛我嗎？……或者你將對我含著鄙視的冷笑走開呢？……不過沁珠，我敢對天發誓，在不曾遇見你之前，我不曾愛過任何人，如同現在愛你一樣。……我從前是沒有靈魂的行屍走肉，而你是給我靈魂的恩人，我離了你，便立刻要恢復殭屍般的生活。沁珠啊！請你告訴我 —— 你現在愛我，將來還要愛我，以至於永久你都在愛我吧！……』唉！素文，我不能描出我當時所受的刺激怎樣深！我的心又恐懼又辛酸，我用我的牙齒嚙著那被震嚇失去知覺的唇，以至於出了血。我是什麼話都說不出來，我的心更緊張紊亂了，簡單的語言表達不出我的意思，我們互相哭泣著 —— 為了莫名其妙的悲哀，我們盡量流出我們心泉中的眼淚。這是怎樣一個難解的圍困啊！直到同院的大學生從外面回來，他們那橐橐的皮鞋聲，才把我們救出了重圍。並且門外還有聽差的聲音說：「伍先生在家嗎？有一個姓張來看你？」我就趁這個機會向伍告別回學校來，伍送我到大門口，並約定明天下午兩點鐘到中央公園會面。

　　「第二天我照約定的時間到了中央公園。在松樹後面的河

五

畔找到伍。今天他的態度比較鎮靜多了，我們沿著河畔走了幾步；河裡的堅冰冒出一股刺入肌膚的冷氣來，使我們不敢久留。我們連忙走進來今雨軒的大廳裡，那地方有火爐，我們就在大廳旁一個小單間裡坐下。要了兩杯可可茶，和一碟南瓜子。茶房出去以後，我們就把門關上。伍坐近我的身旁，低聲問道：

「『昨天回去好嗎？』」

「我沒有回答他，只苦笑著嘆了一口氣。伍看了我這種樣子，像是非常受感動。握緊了我的手道：『珠，好妹妹！我苦了你，對不住你啊！』他眼圈發了紅。我那時幾乎又要落下淚來。極力地忍住，裝作喝茶。把那只被伍握著的手掙了出來。一面站起來，隔著玻璃窗看外面的冬景，過了幾分鐘以後，我被激動的情潮平息了，才又轉身坐在那張長沙發椅上。思量了很久，我才決心向伍問道：『念秋，你究竟有什麼祕密呢？希望你坦白地告訴我！』」

「『當然，我不能永久瞞著你……不過你要答應我，你永久愛我！』」

「『這話我雖不敢說，不過念秋，我老實對你說吧，我潔白的處女的心上，這還是頭一次鏤上你的印象，我覺得這一個開始，對於我的一生都有著密切的關係……這樣已經很夠

了，何必更要什麼作為對於你的愛情的保障呢？……』我興奮地說。

「『我萬萬分相信，這是真話，所以我便覺得對不起你！』他說。

「『究竟什麼事呢？』」

「『我已經結過婚了，並且還有兩個小孩子！』」

「『啊，已經結過婚了……還有兩個小孩子！』我不自覺地將他的話重複了一遍，唉！素文，當時我是被人從半天空摔到山澗裡去呀！我的痛苦，我的失望，使我彷彿作了一場惡夢。不過我的傲性救了我，最後我的態度是那樣淡漠 —— 這連我自己也覺得吃驚，我若無其事地說道：『這又算什麼祕密呢？你結了婚，你有了小孩子，也是很平常的遭遇！……』」

「『哦，很平常的遭遇嗎？我可不以為很平常！』伍痛苦的說著。他為了猜不透我的心而痛苦，他以為這是我不愛他的表示。所以對於他和我之間的阻礙，才看得那樣平淡，這可真出他意料之外。我知道自己得到了勝利，更加矜持了。這一次的談話，我自始至終，都維持著我冷漠的態度。後來他告訴我，他的妻和孩子一兩天以內就到北京來。因此他要搬出公寓，另外找房子住。並且要求我去看他的妻，我也很客氣地答應了，

🌸 五

最後我們就是這樣分手。」

　　沁珠說到這裡，嘆了一口氣，臉上充滿了失望的愁慘，我便問道：「你究竟打算怎麼樣呢！」

　　「怎麼樣？你說我怎麼樣吧！」

　　「真也難……」我也只說了這麼一句話；下文接不下去了。只好說了些旁的故事來安慰她，當我們分手的時候，她是蹙著眉峰，悲哀的魔鬼把她掠去了。

　　從此以後，我見了沁珠不敢提到伍，唯恐她傷心。不過據我的觀察，沁珠還是不能忘情於伍。她雖然不肯對我說什麼，而在她那種忽而冷淡，忽而熱烈的表情裡，我看出感情和理智勢力，正在互相消長。

　　平淡的學校生活，又過了幾個月。也沒聽到沁珠方面的什麼消息。只知道她近來學作新詩，在一個副刊上發表。可惜我手邊沒有這種刊物，而且沁珠似乎不願叫我知道，她發表新詩的時候，都用的是筆名。不久學校放暑假了，沁珠回家去省親，我也到西山去歇夏。

　　在三個月的分離中，沁珠曾給我寫了幾封信，雖沒有什麼具體的事實，但是在那滿紙牢騷中，我也可以窺到她煩悶的心情。將近開學的時候，她忽然給我來了一封快信，她說：

素文吾友：這一個暑假中，我伴著年老的父親，慈愛的母親，過的是很安適的生活，不過我的心，是受了不可救藥的創傷，雖然滿臉浮著淺笑，但心頭是絞著苦痛。最後我病了，一個月我沒有起床，現在離開學近了，我恐怕不能如期到校，請你代我向學校請兩個星期的病假吧！

後來開學了，同學們都陸續到來。而沁珠獨無消息，我便到學監處和註冊科替她請了兩個星期的病假。同時我寫快信去安慰她，並問她的病狀。我的信寄去兩個星期，還沒得到回信，我不免猜疑她的病狀更沉重了。心裡非常愁煩。在一個星期六的下午，我去看一個同鄉。他的夫人是我中學時代的同學。她一定要留我住下，我答應了，晚飯以後，我們正在閒談，忽然僕人進來說道：有電話找我 —— 是由學校打來的，我連忙走到外客廳把耳機拿起來問道：「喂，誰呀？」

「素文嗎？我回來了！」這明明是沁珠的聲音。我不禁急忙問道：「你是沁珠嗎？什麼時候到的？」

「對了，我是沁珠，才從火車站來，你現在不回學校嗎？」

我答道：「本來不打算回去，不過你若要我回來，我就來！」

❀ 五

「那很好，不過對不住你呢！」

「沒關係……回頭見吧！」我掛上耳機後，便忙忙跑到院裡告訴我的同鄉說：「沁珠回來了，我就要回學校去。」他們知道我們的感情好，所以也沒有攔阻我。只說道：「叫他們雇個車子去，明天是禮拜，再同張小姐來玩。」我說；「好吧，我們有工夫一定來的。」

車子到了門口，我匆匆地跑到裡邊，只見沁珠站在綠屏風門的旁邊等我呢。她一見我進來，連忙迎上來握住我的手道：「怎麼樣，你好嗎？」

我點頭道：「好，沁珠，你真瘦了，你究竟生的什麼病？怎麼我寫快信去，你也不回我，冷不防的就來了呢？」沁珠聽我問她，嘆了一口氣道：「我是瘦了嗎？本來病了一個多月才好，我就趕來了，自然不能就復元。……我的病最初不過是感冒，後來又患了肝病，這樣綿綿纏纏鬧了一個多月。你的快信來的時候，我已好些了，天天預備著要來，所以就不曾回你的信。北京最近有什麼新聞沒有？」

「沒有新聞……北京這種灰城，很難打破沉悶呢！……你吃過飯了嗎？」

「我在火車上吃的，現在不餓，不過有點累，今天咱們一

床睡吧，晚上好談話。」

　　我說：「好，不過你既然累了，還是早休息的是，並且你的病體才好，我看有什麼話明天慢慢地講吧。」「也行，那麼我們去睡，時候已不早了。」我們一同上了樓，我把她送進二十五號寢室。秀貞和淑芳也在那裡，她們都忙著問沁珠的病情，我就回自己房裡睡了。

　　第二天下課的時候，沁珠到課堂來找我，她手裡還拿著一本日記，她在我旁邊的空位子上坐下，那時我正在抄筆記，她說「你忙嗎？這是什麼筆記？」

　　「文學史筆記，再有兩行就完了。你等等，回頭我同你出去。」沁珠點頭答應。我忙把筆記抄完，和她一同出來下了樓，我們一直奔學校療養院去。這是我們常來的地方，不過在暑假的三個月裡，我們是暫離過，現在又走到這裡，不禁有一種新鮮的感覺和追憶。我們並肩坐在酴醿花架旁的長椅上，我開始問她：「這是誰寫的日記？」

　　「我寫的。」她說。

　　「什麼時候寫的。」我問。

　　「從今年一月到現在。」她答。

　　「我可以看看嗎？」我問。

✿ 五

「全體太瑣碎……不過有幾頁是關於我和伍的交涉，你可以看看，也許你能幫助我解決其中的困難。」她說。

「好，讓我看看吧。」我向她請求的說。

「不用忙，咱們先談談別的，回頭我把那幾段有關係的，作個記號，你拿到自修室去看吧！」

「也好，我們談些什麼呢，現在。」

「別忙，我還有事情和你商量……近來我覺得學體育沒什麼意思，一天到晚打球，跳舞，練體操，我真有些煩膩，要想轉科吧，又沒有相當的機會，並且明年就畢業了，轉科也太不上算。所以我想隨它去，我只對付著能畢業就行了。我要分出一部分時間學文藝。《北京日報》的編輯，是我的朋友田放，他曾答應給我一個週刊的地位，我想約幾個同學辦一個詩刊，你說好不好？」

我很贊成她的提議，我說：「很好，你再去約幾個人吧，我來給你作一個扛旗的小卒，幫你們吶喊 —— 因為新詩我簡直沒作過呢。」我們商量好了，她就去寫信約人，我就回到自修室把她的日記有記號的地方翻出來看。

■ 一月二十日

　今天早晨天空飛著雪花，把屋瓦同馬路都蓋上了，但不很冷，因為沒有風。我下課後，坐著車子去看伍……他已搬到大方院九號。這雖然是我同他約定的，不過在路上，我一直躊躇著，我幾次想退回去，但車伕一直拉著往前走，他竟不容我選擇。最後我終於到了他的家門口，走下車來，給了車伕錢。那兩扇紅漆大門，只是半掩著。可是我的腳，不敢往裡邁，直等到裡面走出一個男僕來，問我找誰，我才將名片遞給他說：「看伍念秋先生。」他恭敬地請我客廳裡坐坐，便拿著名片到裡面去。沒有兩分鐘伍就出來了。他沒有坐下，就請我到屋裡去坐。我點頭跟他進去，剛邁進門檻，從屏風門那裡走出一個少婦，身後跟著一個五六歲的男孩，兩隻水亮的眼睛，把我望著。那個少婦向我鞠躬說道：「這位是張小姐嗎？請裡邊坐吧。」同時伍給我介紹她，我叫了一聲「伍太太」。我們一同進了屋子，伍摸著那個男孩的頭道：「小毛你叫張姑姑。」男孩果然笑著叫了一聲：「張姑姑！」我將他拉到身旁問他多大了。他說：「五歲！」這孩子真聰明，我很喜歡他，我應許下次買糖來給他吃，他更和我親近了。……她呢，進去替我們預備點心去了。她是一個很馴良服從的女人，樣子雖長得平常，但態度還大大方方的，她自然還不知道我和伍的關係。所以她對我很

親熱。而我呢，並不恨她，也不討厭她，不過我心裡卻有一種說不出來的難過。伍的兩眼不時向我偷看，我只裝作不知。不久她叫女僕端出兩盤糖果和菜，她也跟著出來。她似乎不很會應酬我們，彼此都沒什麼話說，只好和那個五歲的男孩胡鬧，那孩子他還有一個兄弟，今年才兩歲多，奶媽抱出去玩，所以我不曾見著他。

一點鐘過後，我離了他們回學校，當我獨自坐在書案旁，回想到今天這一個會晤，我不覺自己嘆了一口氣道：「可憐的沁珠，這又算什麼呢？……」

■ 二月十五日

伍近來對我的態度更熱烈了，昨天他告訴我：他要和她離婚 —— 原因是她不知從哪裡聽到了我們倆的關係，自然她不免吃了醋，立刻和他鬧起來，這使他更好決心傾向我這邊了。不過，我怎麼能夠贊同他這種的謀圖呢！我說：「你要和你的夫人離婚，那是你的家務事，我不便過問。不過，我們的友誼永久只維持到現在的程度。」他被我所拒絕，非常痛苦地走了。我到了自修室裡，把前後的事情想了一想，真覺得無聊，我決定以後不和伍提到這個問題，我要永久保持我女孩兒自尊的心……

■ 五月十日

　　現在伍對我不敢說什麼。他寫了許多詩寄給我，我便和他談詩。我裝作不懂他的含義 —— 大約他總有一天要惱我的，也好！我自己沒有慧劍 —— 借他的鋒刃來割斷這不可整理的情絲倒也痛快！……唉！不幸的沁珠，現在跪在命運的神座下，聽宰割，「誰的錯呢？」今夜我在聖母前祈禱時，我曾這樣的問她呢！

■ 六月二十五日

　　伍要邀我到北海去，我拒絕了。這幾天我心裡太煩，許多同學談論我們的問題，她們覺得伍太不對，自己既然有妻有子，為什麼還苦苦纏繞著我。不過我倒能原諒他 —— 情感是個魔鬼，誰要是落到他的手裡，誰便立刻成了他的俘虜……今後但願我自己有勇氣，跳出這個是非窩，免得他們夫妻不和……

　　沁珠的日記我看過之後，覺得她最後的決心很對，當我送還她時，曾提到這話。她雖然有些難過，但還鎮靜。後來我走的時候，她開始寫詩，文藝是苦悶的產兒，希望她今後在這方面努力吧！

五

六

　　光陰走得飛快，沁珠和我都還有兩個月，就要考畢業了。這半年裡，她表面上過得很平靜，她寫了一本詩，題名叫做《夜半哀歌》。描寫得很活潑，全詩的意境都很幽秀，以一個無瑕的少女的心，被不可抵抗的愛神的箭所射穿，使她開始嘗味到人間最深切的苦悶。每在夜半，她被鴟鴞的悲聲喚醒後，她便在那時候抒寫她內心的悲苦 —— 當然這個少女就是影射她自己了。這本詩稿，她不願在她所辦的詩刊上發表。給我看過以後，便把它鎖在箱子裡了。我覺得她既能沉心於文藝，大約對伍的情感，必能淡忘，所以不再向她提起，她呢，也似乎很心平氣和地生活下去。不久考畢業了，自然更覺忙碌，把畢業考完，她又照例回家去省親，我仍住在學校，那一個暑假，她過得很平靜，不到開學的時候，她已經又回到北京來。因為某中學校請她教體育兼級任，在學校招考的時候，她須要來幫忙的。

　　那一天，她回到北京的時候，我恰巧也剛從西山回學校，見她滿面笑容地走了進來，使我瘋狂般地驚喜。我們兩個月不見了，當彼此緊握著兩手時，眼淚幾乎掉了下來。好容易把激

六

動的熱情平靜下去。才開始談到別後的事情。據沁珠說，她現在已經找到新生活的路途了。對於伍的交往，雖然不能立刻斷絕，但已能處置得非常平淡。我聽了她的報告，自然極替她高興。我們繞著迴廊散步，一陣陣槐花香，撲進鼻觀，使我們的精神更加振作。我們對這兩三年來住慣了的學校，有一種新的依戀，似乎到處都很合適。現在一旦要離開，真覺得有些悵惘！我們在長久沉默之後，才談到以後的計劃。沁珠已接到某中學正式的聘函。我呢，因年紀太小，不願意就去社會服務，打算繼續進本校的研究院。不過研究院下學期是否開始辦理，還沒有確實的消息。打算暫時搬到同鄉家裡去住著等消息。沁珠，她北京也沒有親戚，只得搬到某中學替女教員預備的宿舍裡去。

在黃昏的時候，我們已將存在學校儲藏室裡的行李搬到廊子上。大身量的老王，替我雇好車子，我便同沁珠先到她的寄宿舍裡去。車子走約半點鐘，便停在一個地方，我和沁珠很注意地看過地址和門牌一點沒有錯。但那又是怎樣一個令人心怯的所在啊？兩扇黑漆大門傾斜的歪在半邊，門樓子上長滿了狗尾巴草，向來人不住躬身點頭，似乎表示歡迎。

走進大門，我們喊了一聲：「有人嗎？」就見從耳房裡走出一個穿著白布褲褂的男人，見了我們，打量了半天，才慢騰

騰地問道：「你們作什麼呀？」沁珠說：「我是張先生，某中學新聘的女教員。」「哦，張先生呀……這是您的東西嗎？」沁珠道：「是。」那聽差連忙幫車伕搬了下來。同時領著我們往裡走，穿過那破爛的空場，又進了一個小月亮門，朝北有五間瓦房，聽差便把東西放在東頭的那間房裡。一面含笑說道：「張先生就住這一間吧，西邊兩間是徐先生住的。當中一大間可以作飯廳……」沁珠聽了這話，只點了點頭，當聽差退出去之後，沁珠才指著那簡陋的房間和陳設說道：「素文！你看這地方像個什麼所在？……適才我走進來的時候，似乎看見院子裡還有一座八角的古亭，裡面像是擺著許多有紅毛繸的槍刀戟一類的東西，我們出去看看。」我便跟了她走到院子裡，只見有兩株合抱的大榆樹，在那下面，果然有一座破舊的亭子，亭子裡擺著幾個白木的刀槍架，已經破舊了。架上插著紅毛繸的刀槍，彷彿戲臺上用的武器。

　　我們都莫名其妙那是怎麼個來歷。正在彼此猜疑的時候，從外面走進一個女僕來，見了我們道：「先生們才搬來嗎？有什麼事情沒有？我姓王，是某中學雇我來伺候先生們的。」沁珠說：「你到屋裡把我的行李捲打開，鋪在木板床上。然後替我們提壺開水來吧！」王媽答應著往屋裡鋪床去了。我們便繞著院子走了一圈，又跑到外面那院子去看個仔細。只見這個院

子，比後頭的院子還大，兩排有五六間瓦房，似乎裡面都住了人。我們不知道是誰，所以不敢多看，便到裡面去。正遇見王媽從屋裡出來。我們問她才知道這地方本來是一座古廟。前面的大殿全拆毀了，只剩五六間配殿，現在是某中學的男教員住著。後院本來有一座戲臺，最近才拆去。那亭子裡的刀槍架都是戲臺上拿下來的。我們聽了這話，沁珠笑道：「果然是個古廟，我說呢，要不然怎會這樣破爛而院子又這麼大！……好吧！素文我從今以後要作入定的老僧了。這個破廟倒很合適，不是嗎？」我笑道：「你還是安分些充個尼姑吧，老僧這輩子你是沒份了！」沁珠聽了這話也不禁笑了。

我們回到屋裡，便設計怎樣布置這間簡陋的屋子，使它帶點藝術味才好。我便提議在門上樹一塊淡雅的橫額，沁珠也贊成。但是寫什麼呢？沁珠說她最喜歡梅花，並且伍曾經說過她的風姿正像雪裡寒梅，並送了她一個別號「亦梅」。所以她決意橫額上用「梅窩」兩個字，我也覺得這兩個字不錯，我們把橫額商量定妥，便又談到屋裡的裝飾。我主張把那不平而多汙點的粉牆，用一色淡綠色的花紙裱糊過。靠床的那一面牆上，掛一張一尺二寸長的聖母像，另一面就掛那幅瘦石山人畫的白雪紅梅的橫條。窗簾也用淡綠色的麻紗，桌上罩一塊絳紅呢的臺布，再買幾張籐椅和圓形的茶几放在屋子的當中，上面放一

個大磁瓶，插上許多鮮花，床前擺一張小小的水墨畫的圍屏。這樣一收拾，那間簡陋的破廟，立刻變成富有美術意味的房間了。

當夜我就住在她那裡。第二天絕早，我們就出去購置那些用具，不久就把屋子收拾得正如我們的意思。沁珠站在屋子當中，嘆了一口氣道：「這一來，可有了我安身立命的地方了！但是你呢？」我說：「只要有了你這個所在，我什麼時候覺得別處住膩了，就來攪你吧！」我見她那裡一切都已妥帖，便回到學校布置我自己的住處去了。

不久學校裡已經公布辦研究院的消息，我又搬到學校去住。北京的各中學也都開了學，所以我又有兩三個星期沒去看沁珠。在一天的下午，我正在院子裡晒毛巾，忽見沁珠用的那個王媽，急急忙忙走了進來叫道：「素文小姐，您快去看看張先生吧，今天不知為什麼哭了一天，連飯也沒吃，學校也沒去，我問她，她不說什麼。所以才來找您！」我聽了這個嚇人的消息，連忙同王媽去看她，到了沁珠那裡，推開房門，果見她臉朝床裡睡著，眼泡紅腫，面色憔悴，亮晶晶的淚滴沿著兩頰流在枕頭上。我連忙推她問道：「沁珠怎麼了？是不是有病，還是有什麼意外的事情呢？」沁珠被我一問，她更哭得痛切了，過了許久，她才從枕頭底下拿出一封信給我看，那是一封字體草率的信，我忙打開看道：

六

沁珠女士妝次：

　　請你不要見怪我寫這封信給你。女士是有學問，有才幹的
人，自然也更明白事理。定能原諒我的苦衷，替我開一條生
路！不但我此生感激你，就是我的兩個孩子也受賜不淺！

　　女士你知道我的丈夫念秋，自從認識你之後，他對我就變
了心。最初他在我面前讚揚你，我不明白他的意思，除了同他
一般的佩服你之外，沒有想到別的。但是後來他對我冷淡發脾
氣，似乎對於孩子，也討厭起來了。他這種陡然改變常態，我
不能不疑心他，因為我常暗裡留心他的行蹤和信件 —— 最後
我就發現了你們中間的戀愛關係，當時我幾乎傷心得昏了過
去。我常看報，知道現在的風氣，男人常要丟掉他本來的妻，
再去找一個新式女子講自由戀愛，我想到這裡，怎麼不為我自
己的前途，和孩子的幸福擔心呢？那時我便質問他，究竟我到
他家裡六七年來，作錯了什麼事，對不起他？使他要拋棄我！
但是他簡直昏了，他不承認他自己的不該，反倒百般辱罵我，
說我不了解他，又沒有相當的學問。自然我也知道我的程度很
淺，也許真配不上他。但是我們結婚已經六七年了，平日並不
見得有什麼不合適，怎麼現在忽然變了。他說：他從前沒有遇
見好的，所以不覺得，現在既然遇見了，自然要對我不滿意。
唉！沁珠女士！我們都是女人，你一定能知道一個被人拋棄的

妻子的苦楚！倘使我沒有那兩個孩子，我也就不和他爭論，自己去當尼姑修行去了。可是現在我又明明有這兩個不解事的孩子，他們是需要親娘的撫慰教養，如果他真棄了我，孩子自然也要跟著受苦，所以我懇求女士，看在我母子的面上，和念秋斷絕關係，使我夫妻能和好如初，女士的恩德，來世當啣草以報。並且以女士的學問才幹，當然不難找到比念秋更好的人，又何必使念秋因女士之故，棄妻再娶，作個不情不義的人？我本想自己來看女士，陳述下情，又恐女士公事忙，所以寫了這封信，文理不通，尚祈女士多多原諒，端此敬請文安！

伍李秀瑛敬上

　　這封信當然要使沁珠傷心，我只得設法安慰她，叫她從此以後，不和念秋往來。她哽咽著道：「你想我一個清白女兒，無緣無故讓她說了那些話 —— 其實念秋哪一次對我示意，我不是拒絕他？至於我還和他通信，那不過是平常的友誼罷了……」我接著說道：「想必他還對你不曾死心，或者竟已經和他妻子提出離婚的條件，所以才逼出這封信來，你現在打算回她的信嗎？」沁珠搖頭道：「我不想回她，我只打算寫一封信給伍，叫他把從前我所給他的信都還我，同時我也將他的信還他，從此斷絕關係。唉！素文！我真太不幸了！」她說著又流下淚來。我勸她起來同到外面散散步，同時詳細談談這個問

題。她非常柔和地順從了，起來洗過臉，換了一件淡雅的衣服
我們便坐車到城南公園去。走進那碧草萋萋的空地上時，太陽
正要下山，遊人已經很少，我們就在那座石橋上站著。橋下有
一道不很寬的河流，河畔滿種著蘆葦，一叢清碧的葉影，倒映
水面，另有一種初秋爽涼的意味。我們目注潺潺的流水，沉默
了許久，忽聽沁珠嘆了一聲道：「自覺生來情太熱，心頭點點
著冰華。」她心底的煩悶，和愴淡的面龐，深深激動了我，真
覺得人生沒有什麼趣味。我也由不得一聲長嘆，落下兩點同情
淚來。

　　我們含著淒楚的悲哀下了石橋，坐在一株梧桐樹下，聽陣
陣秋風，穿過林叢樹葉間，發出慄慄的繁響，我們的心也更加
淒緊了。但是始終我們誰都沒有提到那一個問題，一直等到深
灰色的夜幕垂下來了，我們依然沉默著回到沁珠的住所。吃晚
飯時，她僅喝了一碗稀粥。這一夜我不曾回學校，我陪她坐到
十點多鐘，她叫我先睡了。

　　夜裡她究竟什麼時候睡的，我不曾知道，只是第二天早晨
我醒來時，看見她尚睡得沉沉的。不敢驚動她，悄悄地起床，
在她的書桌上看見一封尚未封口的信，正是寄給伍念秋的。我
知道她昨晚迴腸九轉，這封信正是決定她命運的大關鍵，顧不
得徵求她的同意，我就將它抽出看了，只見她寫著：

念秋先生：

　　我們相識以來，整整三年了，我相信我們的友誼只到相當的範圍而止，但是第三者或不免有所誤會，甚至目我為其幸福的阻礙，提出可笑的要求。在這種情形之下，我們不得不從此分手，請你將我給你的信寄還，當然我也將你的那些信和詩遣人送給你，隨你自己處置吧。唉！我們的過去正像風飄落花在碧水之上作一度的聚散罷了！

沁珠

　　我看過那封寥寥百餘字的信後，我發現那信籤上有淚滴的溼痕，當時我仍然把信給她裝好，寫了幾個字放在桌上：「我有事先回學校，下午再來看你！……」我便悄悄回學校去了。

六

七

　　沁珠自從和伍絕交後，她的態度陡然變了，整日活潑生動的舉止現在成了悲涼沉默，每日除上課外，便是獨自潛伏在那古廟的小屋中。我雖時常去看她，但也醫不了她失望的傷心。所以弄得我都不敢去了，有時約了秀貞和淑芳去看她，我們故意哄她說笑，她總是眼圈紅著，和我們痴笑，那種說不出的傷感，往往使得我們也只好陪她落淚。在這個時期中，她常常半夜起來寫信給我……我今天只帶了一封比較最哀豔的來給你看看，其餘的那些我預備將來替她編輯成一個小冊子，就算我紀念她的意思。

　　素文一面述說，一面從一個深紅色的皮夾子裡掏出一封緋紅色的信封來；抽出裡面的信來遞給我，我忙展開看道：

　　昨天夜半，我獨自一個人坐在房裡，一陣輕風吹開了我的房門，光華燦爛的皎月，正懸在天空，好像一個玉盤，星點密布，如同圍棋上的黑白子！四境死一般的靜寂，只隱約聽見遠處的犬聲，有時賣玉麵餑餑的小販的叫賣聲，隨著風的迴蕩打進我的耳膜裡來。這時我的心有些震悸，我走近門旁，正想伸手掩上門時，忽然聽見悲雁愴屬的叫了兩聲，從那無雲的天

空，飛向南方去了。唉！我為了這個聲音，怔在門旁，我想到孤雁夜半奔著它茫漠的程途，是怎樣單寒可憐！然而還有我這樣一個乖運的少女為它嘆息！至於我呢——寄寓在這種荒涼的古廟裡，誰來慰我冷寂？夜夜只有牆陰蟋蟀，淒切的悲鳴，也許它們是吊我的潦倒，唉！素文！今夜我直到更夫打過四更才去睡的。但是明天呢，只要太陽照臨人間時，我又須荷上負擔，向人間努力扎掙去了。唉！我真不懂，草草人事，究竟何物足以維繫那無量眾生呢！

沁珠書於夜半

我將信看完，依舊交還素文。不禁問道：「難道沁珠和伍的一段無結果的戀愛，便要了沁珠的命嗎？」

素文道：「原因雖不是這麼簡單，但我相信，伍的確傷害了沁珠少女的心。……把一個生機潑辣的她，變成灰色絕望的可憐蟲了。」

素文說到這裡，依舊接續那未完的故事，說下去道：

沁珠差不多每天都有一封這一類的信寄給我。有時我也寫信去勸解她，安慰她。但是她總是快快不樂。有一天學校放假，我便邀了秀貞去找她，勉強拉她出去看電影。那天演的是有名的托爾斯泰的《復活》。在休息的時間裡，我們前排有

一個身材魁梧的青年，走過來招呼沁珠。據沁珠說，他姓曹，是她的同鄉，前幾個月在開同鄉會時曾見過一面。不久電影散了，我們就想回去。而那位曹君堅意要邀我們一同到東安市場吃飯。我們見推辭不掉便同他去了，到了森隆飯館揀了一間雅座坐下，他很客氣地招待我們。在吃飯的時候，我們很快樂地談論到今天的影片，他發了許多驚人的議論，在他鋒利的辭鋒下，我發現沁珠對他有了很好的印象。她不像平日那樣缺乏精神，只是非常暢快地和曹君談論。到了吃完飯時，他曾問過沁珠的住址，以後我們才分手。我陪沁珠回她的寓所，在路上沁珠曾問我對於曹的印象如何？我說：「好像還是一個很有才幹和抱負的青年！」她聽了這話，非常驚喜地握住我的手道：「你真是我的好朋友，素文！因為你的心正和我一樣。我覺得他英爽之中，含著溫柔，既不像那些粗暴的武夫，也不像浮華的紈綺兒，是不是？」我笑了笑沒有回答什麼。當夜我回學校去，曾有一種的預感，係繞過我的意識界。我覺得一個月以來，困於失望中的沁珠，就要被解放了。此後她的生命，不但不灰色，恐怕更要像火炎般的耀眼呢。

兩個星期後，我在一個朋友的宴會上，就聽見關於沁珠和曹往來的輿論。事實的經過是這樣，他們之中有一個姓袁的，他也認得沁珠，便問我道：

七

「沁珠女士近來的生活怎樣？……聽說她和北大的學生曹君往來很密切呢？」

我知道一定還有下文，便不肯多說什麼，只含糊地答道：「對了，他是她的同鄉。但是密司特袁怎麼知道這件事？」

「哦，我有一天和朋友在北海划船，碰見他們在五龍亭喫茶。我就對那個朋友說道：『你認識那個女郎麼？』他說：『我不知道她是誰，不過我敢斷定這兩個人的交情不淺，因為我常常碰見他們在一處……』所以我才知道他們交往密切。」

我們沒有再談下去，因為已經到吃飯的時候。吃完晚飯，我就決心去找沁珠，打算和她談談。哪曉得到了那裡，她的房門鎖著，她不在家，我就找王媽打聽她到什麼地方去了，王媽說：「張先生這些日子喜歡多了，天天下課回來以後，總有一個姓曹的年輕先生來邀她出去玩。今天兩點鐘，他們又一同出去了，到現在還沒回來，可是我不清楚他們是往哪兒去的。」

我掃興地出了寄宿舍，又坐著原來的車子回去，我正打算寫封信給她，忽見我的案頭放著一封來信，正是沁珠的筆跡，打開看道：

素文：

你大約要為我陡然的變更而驚訝了吧！我告訴你，親愛的朋友，現在我已經戰勝苦悶之魔了。從前的一切，譬如一場噩

夢。雖然在我的生命史上曾刻上一道很深的印痕。但我要把它深深藏起來，不再使那個回憶浮上我的心頭 —— 尤其在表面上我要辛辣的生活，我喜歡像茶花女 —— 馬格哩脫那樣處置她的生命，我也更心服「少奶奶的扇子」上那個滿經風霜的金女士，依然能扎掙著過那種表面輕浮而內裡深沉的生活。親愛的朋友！說實話吧，伍他曾給我以人生的大教訓，我懂得怎樣處置我自己了。所以現在我很快樂。並且認識了幾個新朋友，曹是你見過的。他最近幾乎天天來看我，有時也同出去玩耍。也許有很多的人誤會我們已發生愛情，關於這一點，我不想否認或承認，總之，縱使有愛情，也僅僅是愛情而已。唉，多麼滑稽啊！大約你必要責備我胡鬧，但是好朋友！你想我不如此，怎能醫治我這已受傷的靈魂呢？有工夫到我這裡來，還有許多有趣的故事告訴你。

你的沁珠

唉！這是怎樣一封刺激我的信啊。我把這封信翻來覆去的看了兩三遍。心裡紊亂到極點，連我自己也不懂作人應當持什麼樣的態度。我沒有回她的信，打算第二天去看她，見了面再說吧！當夜我真為這個問題困攪了。竟至於失眠。第二天早晨我聽見起身鐘打過了，便想起來。但是我抬起身來，就覺得頭腦悶漲，眼前直冒金星，用手摸摸額角，火般的灼熱，我知道

七

病了。「哎喲」的呻了一聲，依然躺下，同房的齊大姐 ──
她平常是一個很熱心的人，看見我病了，連忙去找學監 ──
那位大個子學監來看過之後，就派人請了校醫來，診斷的結果
是受了感冒，囑我好好靜養兩天就好了。那麼我自然不能去看
沁珠。下午秀貞來看我，曾請她打電話給沁珠，告訴我病了。
當晚沁珠跑來看我，她坐在我的床旁的一張椅子上，我便問她
近來怎麼樣，她微微地笑道：

「過得很有意思，每天下了課，不是北海去划船，就是看
電影，糊裡糊塗，連自己也不知道耍些什麼把戲，不過很熱
鬧，也不壞！」

我也笑道：「不壞就好，不過不要無故害人！你固然是玩
玩，別人就不一定也這麼想吧！」

沁珠聽了這話，並不回答我，只怔怔向窗外的藍天呆望
著，我又說道：「你說有許多有趣的故事要告訴我究竟是什麼
呢？」沁珠轉過臉來。看了我一下道：「最近我收到好幾封美
麗的情書，和種種的畫片，我把它們都貼在一個本子上，每一
種下面我題了對於那個人的感想和認識的經過。預備將來我老
了的時候，那些人自然也都有了結果，再拿出來看看，不是很
有趣的嗎？」

我說：「這些人真是閒得沒事幹，只要看見一個女人，不

管人家有意無意，他們便老著臉皮寫起情書來。真也好笑。究竟都是些什麼人呢？哪一個寫得最好。」

「等你明天好了，到我那裡自己去看吧！我也分不出什麼高下來，不過照思想來說，曹要比他們徹底點。」

我們一直談到八點鐘沁珠才回去。此後我又睡了一天，病才全好 —— 這兩天氣候非常合適，不冷不熱，當我在院子裡散步時，偶爾嗅到一陣菊花香，我信步出了院子，走進學校園去，果見那裡新栽了幾十株秋菊，已開了不少。我在花畦前徘徊了約有十分鐘的時候，我發現南牆下有三株純白色的大菊花，花瓣異常肥碩，我想倘使採下一朵，用雞蛋麵粉白糖調勻炸成菊花餅，味道一定很美。想到這裡，就坐車去找沁珠。她今天沒有出去，我進門時，看見她屋子裡擺滿了菊花的盆栽，其中有一盆白色的，已經盛開了。我便提議採下那一朵將要開殘的作菊花餅吃，沁珠交代了王媽，我便開始看她那些情書和畫片，忽然門外有男子穿著皮鞋走路的聲音，沁珠連忙把那一本貼著情書的簿子收了起來，就聽見外面有人問道：

「密司張在家嗎？」

「哪一位，請進來吧！」

房門開了，一個穿著淡灰色西服和扎腿馬褲的青年含笑地

走了進來。我一看正是那位曹君。他見了我說道：「素文女士好久不見了，近來好吧？」

「多謝！密司特曹，我很好，您怎樣呢？」我說。

「也對付吧？」

我們這樣傻煞一回事地周旋著，沁珠已忍不住笑出聲來，她很隨便地讓曹坐下說道：

「你們哪裡學來的這一套，我最怕這種裝著玩的問候，你們以後免了吧！」我們被她說得也笑了起來。這一次的聚會，沁珠非常快樂，她那種多風姿的舉動，和爽利的談鋒，真使我覺得震驚，她簡直不是從前那一個天真單純的沁珠了。據我的預料，曹將來一定要吃些苦頭。因為我看出他對沁珠的熱烈，而沁珠只是用一種辛辣的態度任意發揮。六點多鐘曹告辭走了，我便和沁珠談到這個問題，我說：

「我總懷疑，一個人如你那種態度處世是對的。你想吧，人無論如何，總有人的常情，在這許多的青年裡，難道就沒有一個使你動心的嗎？你這樣耍把戲般地耍弄著他們，我恐怕有一天你將要落在你親手為別人安排的陷阱裡哩！」

「唉！素文！你是我最知己的朋友，你當能原諒我不得已的苦衷，我實話告訴你，我今年二十二歲了！這個生命的時間

雖然不長，但也不一定很短，而我只愛過一個人，我所有純潔的少女的真情都已經交付給那個人了，無奈那個人，他有妻有子，他不能承受我的愛。我本應當把這些情感照舊收回，但是天知道，那是無益的。我自從受過那次的打擊以後，我簡直無法恢復我的心情。所以前些時候，我竟灰心得幾乎死去。不過我的心情是複雜的，雖然這樣，但同時我是歡喜熱烈的生活……」沁珠說著這話的時候，眼睛裡是充滿了眼淚。我也覺得這個時期的青年男女很難找到平坦的道路，多半走的是新與舊互相衝突的叉道，自然免不了種種的苦悶和愁慘。沁珠的話我竟無法反駁她，我只緊緊握住她的手！表示我對她十三分的同情——當夜我們在黯然中分手，我回到學校裡，正碰見文瀾獨自倚窗看月，我覺得心裡非常鬱悶，便邀她到後面操場去散步，今夜月色被一層薄雲所遮，忽明忽暗，更加著冷風吹過梧桐葉叢，發出一陣殺殺的悲聲，我禁不住流下淚來。文瀾莫名其妙地望著我，但是最後她也只嘆息一聲，仍悄悄地陪著我在黯淡的光影下徘徊著。直到校役打過熄燈鈴，我們才回到寄宿舍裡去。

　　我從沁珠那裡回來後，一直對於沁珠的前途擔著心，但我也不知道怎樣改正她的思想才好。最大的原因我也無形中贊成她那樣處置生命的態度，一個女孩兒，誰沒有尊嚴和自傲的心

七

呢？我深知道沁珠在未與伍認識以前，她只是一個多情而馴良的少女。但經伍給她絕大的損傷後，她由憤恨中發現了她那少女尊嚴和自傲。陡然變了她處世的態度。這能說不是很自然的趨勢嗎？⋯⋯

　　我為了沁珠的問題，想得頭腦悶漲，這最近幾天簡直懨懨地打不起精神，遂也不去找沁珠多談。這樣地過了一個星期。在一天的早晨，正是中秋節，學校裡照例放一天假，我想睡到十二點再起來 —— 雖然我從八點鐘打過以後，總是睜著眼想心事，然而仍捨不得離開那溫軟的被絮。我正當魂夢惝恍的時候，只覺得有一隻溫柔的手放在我的額上，我連忙睜開眼一看，原來正是沁珠。唉！她今天真是使我驚異的美麗 —— 額前垂著微卷的燙髮，身上穿著水綠色的秋羅旗袍，腳上穿著白鞋白襪。低眉含笑地看著我說道：「怎麼，素文，九點五十分了，你還睡著啊！快些起來。曹在外面等著你，到郊外賽驢去呢。」她一面說，一面替我把掛在帳鉤上的衣服拿了下來，不由我多說，把我由被裡拖了起來 —— 今天果然是好天氣，太陽金晃晃地照著紅樓的一角，發出耀眼的彩輝，柳條靜靜地低垂著，只有幾隻雲雀在那樹頂跳躍，在這種晴朗的天氣中，到郊外賽驢的確很合宜。不知不覺也鼓起我的遊興來。

　　連忙穿上衣服，同沁珠一齊來到櫛沐室，梳洗後換上一件

白綢的長袍，喝了一口豆腐漿，就忙忙到前面客廳裡去。那時客廳裡坐滿了成雙捉對的青年男女，有的喁喁密語，有的相視默默，啊，這簡直是情人遇合的場所，充滿了歡愉和惆悵的空氣！而曹獨自一個呆坐在角落裡，似乎正在觀察這些愛人們的態度和心理。當我們走進去時，細碎的腳步聲才把他從迷離中驚醒。他連忙含笑站了起來，和我招呼。沁珠向他瞟了一眼道：「我們就走吧！」曹點頭應諾，同時把他身邊的一個小提籃拿在手裡，我們便一同出了學校，門口已停著三頭小驢。我們三人帶過一頭來，走了幾步，在學校的轉彎地方，有一塊騎馬石，我們就在那裡上了驢。才過一條小胡同，便是城根，我們沿著城根慢慢地往前去。越走越清淨，精神也越愉快。沁珠不住回頭看著曹微笑，曹的兩眼更是不離她的身左右。我跟在後頭，不覺心裡暗暗盤算，這兩個人眼見一天比一天趨近戀愛的區域了。雖是沁珠倔強地說她不會再落第二次的情網，但她能反抗自然的趨勢嗎？愛神的牙箭穿過他倆的心，她能從那箭鏃下逃亡嗎？……這些思想使我忘記了現實。恰巧那小驢往前一傾，幾乎把我跌了下來：在這不意的驚嚇中，我不覺「哎呀」的喊了出來。

他倆連忙圍攏來：「怎麼樣？素文！」沁珠這樣地問我。曹連忙走下驢來道：「是不是這頭驢子不穩，素文女士還是騎我

七

這頭吧！」他倆這種不得要領的猜問著，我只有搖頭，但又禁不住好笑，忍了好久，才告訴他倆：「我適才因為想事情不曾當心，險些掉下驢來。其實沒有什麼了不得的事情。」他倆聽了才一笑，又重新上了驢。我們在西直門外的大馬路上放開驢蹄得得地跑上前去，彷彿古騎士馳騁疆場的氣概。沁珠並指著那小驢道：「這是我的紅鬃騄馬咧！」我們都不覺笑了起來。

不久就望見西山了。我們在山腳的碧雲寺前下了驢，已經是十一點半了。我們把驢子交給驢夫。走到香雲旅社去吃午飯。這地方很清幽，院子裡正滿開著菊花和桂花，清香撲鼻，我們就在那廊子底下的大餐桌前坐下了。沁珠今天似乎非常高興，她提議喝紅玫瑰。曹也贊同，我當然不反對。不過有些擔心，不知道沁珠究竟是存著什麼思想，不要再同往日般，借酒澆愁，喝得酩酊大醉……幸喜那紅玫瑰酒只是三寸多高的一個小瓶，這才使我放了心。我們一面吃著茶，一面嚐著玫瑰酒，一面說笑。吃到後來，沁珠的兩頰微微抹上一層晚霞的媚色，我呢，心也似乎有些亂跳。曹的酒量比我們都好，只有他沒有醉意。午飯後我們本打算就騎驢回去，但沁珠有些嬌慵，我們便從旅館裡出來，坐洋車到玉泉山，那裡遊人很少，我們坐在一個涼亭裡休息。沁珠的酒意還未退淨，她閉著眼倚在那涼亭的柱子上，微微地喘息著，曹兩眼不住對她望著，但不時也偷

眼看著我，這自然是給我一種暗示。我便裝著去看花圃裡的秋海棠，讓他倆一個親近的機會，不過我太好奇，雖然離開他倆兩丈遠，而我還很留心地靜聽他倆的談話：

「珠！現在覺得怎樣？……唉！都是我不小心，讓你喝得太多了！」

「不，我不覺得什麼，只是有些倦！……」

「那麼你的臉色怎麼似乎有些愁慘！」

「唉！愁慘就是我的運命！」她含著淚站了起來，說道：「素文跑到什麼地方去了？」

「那邊花圃旁邊站著的不是嗎？」

「素文！」沁珠高聲地叫道：「是時候了，我們該回去了。」

我聽了沁珠的話，才從花圃那邊跑過來。我們一同離開玉泉山，坐車回城，到西城根時我便和他倆分路，獨自到學校去。

七

八

　　我從西山回來以後，兩天內恰巧都碰到學校裡開自治會，所以沒有去看沁珠，哪裡曉得她就在那一天夜晚生病了。身上頭上的熱度非常高，全身骨節痠痛，翻騰了一夜，直到天亮才迷迷昏昏地睡著了。寄宿舍的王媽知道她今天第一小時便有功課，等到七點半還不見沁珠起來。曾兩次走到窗根下看動靜。但是悄悄地沒有一點聲息。只得輕輕地喊了兩聲。沁珠被她從夢裡驚醒，忍不住「哎喲」地呻著。王媽知道她不舒服，連忙把頭上的簪子拔了下來，撥開門上的閂子，走進來看視。只見沁珠滿臉燒得如晚霞般的紅。兩眼朦朧。王媽輕輕地用手在她額角上一摸，不覺驚叫道：「嚇，怎麼燒得這樣厲害！」沁珠這時勉強睜開眼向王媽看了一下，微微地嘆了一口氣道：「王媽你去打個電話，告訴教務處，我今天請假。」王媽應著匆匆地去了。沁珠掉轉身體，又昏昏地睡去，直到中午，熱度更高了，同時覺得喉嚨有些痛。她知道自己的病勢來得不輕，睜開眼不見王媽在跟前，四境靜寂得如同死城，心裡想到隻身客寄的苦況，禁不住流下淚來。正在神魂淒迷的時候，忽聽窗外有人低聲說話。似乎是曹的聲音說道：

八

「怎麼，昨天還玩得好好的，今天就病得這樣厲害了呢？」

「是啊……我也是想不到的，曹先生且親自去看看吧！」

「自然……」

一陣皮鞋聲已來到房門口了。曹匆匆地跑了進來，沁珠懶懶把眼睜了一睜，向曹點點頭，又昏沉沉地閉上眼了。曹看了這些樣子，知道這病勢果然來得凶險；因轉身向王媽問道：

「請醫生看過嗎？」

王媽搖頭道：「還沒有呢，早上我原想著去找素文小姐，央她去請個大夫看看，但是我一直不敢離開這裡……」曹點頭道：「那麼。我這就去請醫生，你好生用心照顧她吧！」說完拿了帽子忙忙地走了。

這時沁珠恰好醒來，覺得口唇燒得將要破裂，並且滿嘴發苦，因叫王媽倒了一杯白開水，她一面喝著一面問道：「恰才好像曹先生來過的，怎麼就去了呢？」

「是的。」王媽說：「曹先生是來過的，此刻去請醫生去了，回頭還來：您覺得好些嗎？」沁珠見問，只搖搖頭，眼圈有些發紅，連忙掉轉身去。王媽看了這種情形，由不得也嘆了一口氣，悄悄走出房來，到電話室裡打電話給我，當她在電話裡告

訴我沁珠病重，把我驚得沒有聽完下文，就放下耳機，坐上車子到寄宿舍去。

我走到門口的時候，正遇見曹帶著醫生進來，我也悄悄地跟著他們。那位醫生是德國人，在中國行醫很有些年數，所以他說得一口好北京話。當她替沁珠診斷之後，向我們說，沁珠害的是猩紅熱，是一種很危險的傳染病，最好把她送到醫院去。但是沁珠不願意住病院，後來商量的結果，那位德國醫生是犧牲了他的建議，只要我們找一個妥當的負責的看護者，曹問我怎麼樣？我當然回答他：「可以的。」醫生見我們已經商量好，開過方子，又囑咐我們好生留意她的病勢的變化，隨時打電話給他。醫生走後，我同曹又把看護的事情商量了一下，結果是我們倆輪流看護，曹管白天，我管黑夜。

下午曹去配藥，我獨自陪著昏沉的病人，不時聽見沁珠從驚怕的夢中叫喊醒來。唉，我真焦急！幾次探頭窗外，盼望曹快些回來 —— 其實曹離開這裡僅僅只有三十分鐘，事實上絕不能就回來。但我是膽小得忘了一切，只埋怨曹。大約過了一點多鐘，曹拿著藥，急步地走進來時，我才吐了一口緊壓我心脈的氣，忙幫著曹把藥餵到沁珠的嘴裡。

沁珠服過藥後，曹叫我回學校去休息；以便晚上來換他。我辭別了他們回到學校，吃了一些東西，就睡了。八點鐘時我

八

才醒來，吃了一碗麵，又帶了幾本小說到沁珠的地方來。走進門時，只見曹獨自坐在淡淡的燈光下，望著病重的沁珠出神。及至我掀開門簾走進來時，才把他的知覺恢復，我低聲問道：「此刻怎麼樣？」「不見得減輕吧！自你走後她一直在翻騰，你看她的臉色，不是更加焦紅了嗎？」

我聽了曹的話，立刻向沁珠臉上望瞭望，我彷彿看到許多猩紅的小點；連忙走近床前，將她的小衣解開，只見胸口也出了一樣的斑點。我告訴曹，我們都認為這時期是個非常要緊的時候，所以曹今夜決定不回去，幫助我看護她，這當然使我大大地放了心。不過曹已經累了一天，我怕他精力來不及，因叫王媽找來一張帆布床放在當中那間吃飯廳裡，讓曹休息。所以前半夜只有我拿著一本小說坐在沙發上陪著她。這時她似乎睡得很安靜，直到下半夜的一點多鐘她才醒來。我將藥水給她餵下去，一些聲音驚醒了曹，他連忙走進來替我；可是我白天已睡夠了，所以依舊倚在沙發上看小說。曹將熱度表替沁珠測驗熱度，比早晨減低了一度。這使我們非常高興。……這一夜居然很平安地過去了。

第二天早晨我回學校去，上了一堂的文學史，不過十一點我便吃了午飯，飯後就睡了，一直到七點鐘我才到沁珠那裡，曹今天可夠疲倦了，所以見我來後，他稍微把藥料理後也就走

了。我這一夜仍然是看小說度過。

這樣經過一個星期，沁珠身上的猩紅點，漸漸焦萎了。大夫告訴我們已經出了危險期，現在只要好好地調養，不久就可以復原的。我們聽了這個好消息。一顆緊張的心放下來了。但同時也感到了連日的辛苦；我又遇到學校裡的月考期近，要忙著預備功課，所以當天我將一切的事情囑託了曹，便匆匆回學校去。

沁珠現在的病已經好了大半，只是身體還非常疲弱，曹照例每天早晨就來伴著她，當沁珠精神稍好的時候，曹便讀詩歌或有趣的故事給她聽，這種溫存，體貼，使沁珠不知不覺動搖了她一向處世的態度。

有一天清晨，天氣非常晴朗，耀人眼目的陽光，射在窗前的翠綠的碧紗幔上。沁珠醒時，看著這種明淨的天容，和聽見活躍鳥兒的歌唱。她很想坐起來。正在這個時候，只見曹手裡拿著一束插枝的丹桂，含笑走進房來。沁珠連忙叫道：「呀，好香的花兒！」曹將花插在小幾上的白玉瓶裡，柔和地問道：「怎麼樣，今天覺得好些嗎？」

沁珠點頭道：「好些了，但是子卿你這些時候太累了！」──這是曹頭一次，聽見沁珠這樣親熱地稱呼他，使他禁不住心跳了。他走近沁珠床前，用手撫摩那垂在沁珠兩肩

八

的柔髮說：「這一病又瘦了許多呢！」

「唉！子卿，瘦又算得什麼，人生的路程步步是艱難的呵；只是累了你和素文，常常使我不安！」曹似乎受了很深的感觸，含著滿眶的清淚說道：「珠，你不應當這樣說，你知道我的看護你，絕不是單為了你，我只是為我自己的興趣而努力罷了。珠！你知道在這個世界上，只有你靈臺的方寸地，才是我所希望的歸宿地啊！自然這也許只是我的私心。不過……」子卿說到這裡頓住了，只低著頭注視他自己的手指紋。

沁珠黯然地翻過身去，一顆顆的熱淚如瀉般地滴在枕頭布上了。子卿看見她兩肩微微地聳動，知道沁珠正在哭泣，他更禁不住心頭淒楚，也悄悄地流著淚。王媽的腳步聲走近窗下時，子卿才忙拭乾眼淚，裝作替沁珠收拾書桌，低頭忙亂著。

王媽手裡托著一個白鎳的鍋子走進來，一面笑向子卿道：「曹先生吃過早飯了嗎？」她將小鍋放在桌上，走到沁珠的面前輕輕喊道：「張先生喝點蓮子粥嗎？」沁珠應了一聲轉過臉來，同時向子卿道：「你吃點吧，這是我昨晚特意告訴王媽買的新鮮蓮子煮的；味道大概不壞。」子卿聽了這話，就把小鍋的蓋子掀開，果然有一股清香衝出來。這時王媽已經把粥盛好，他們吃過後，沁珠要起來坐坐，子卿將許多棉被墊在床上扶沁珠斜靠在被上。一股桂花的清香，從微風中吹過來，沁珠

不禁用手把弄那玉瓶，一面微微嘆息道：「一年容易又秋風……這一場病幾乎把三秋好景都辜負了！」

「但是，現在已經好了，還不快樂嗎？眼看又到結冰的時候了，刀光雪影下，正該顯顯你的好身子呢！……」

「唉！說起這些玩藝來，又由不得我要傷心！子卿你知道，一個人弄到非熱鬧不能生活，她的內心是怎樣的可慘！這幾個月以來，我差不多無時無刻不是用這種的辛辣的刺激來麻木我的靈魂。……可是一般人還以為我是個毫無心腸的浪漫女子；哪裡知道，在我的笑容的背後，是藏著不可告人的損傷呢？……世界固然是廣博無邊，然而人心卻是非常窄狹的啊！」

沁珠的心，此刻沉入極興奮的狀態中，在她微微泛紅的兩頰上，漾著點點的淚光，曹雖極想安慰她，但是他竟不知怎樣措辭恰當，只怔怔地望著她，在許久的沉默中，只有陣陣悲瑟的秋風，是占據了這剎那的四境。

「唉！沁珠！」曹最後這樣說：「你的心傷，雖然是不容易醫治的，不過倘使天地間還有一個人，他願用他的全心來填補這個缺陷，難道你還忍心拒絕他嗎？」

「啊，恐怕天地間就不會有這樣的人，子卿實在不騙你，

八

我現在不敢懷任何種的奢望，對於這個世界的人類，我已經有很清楚的概念，除了自私淺鄙外，再找不到更多的東西了！」

「自然，你這些話也有你的根據點，不過你總不應當懷疑人間還有純潔的同情吧？ —— 那是比什麼東西都可靠，都偉大呢！唉……沁珠！」

「同情，純潔偉大的同情！……這些話都是真的嗎？那麼子卿我真對不住你了。我不反對同情，更不反對同情的純潔和偉大，只是我沒有幸福享有這種的施與罷了！……其實呢，你也不必太認真，人生的壽命真有限，我們還是藏起自我，得快樂狂笑就是了！」

曹聽了沁珠的話，使他的感情激動到不能自制，他握住沁珠的手，兩眼含著淚，嘴唇顫抖著說道：「沁珠，我用最誠懇的一片心 —— 雖然這在你是看得不值什麼的一顆心，求你不要這樣延續下去，你知道我為了你的摧殘自己，曾經流過最傷心的眼淚？我曾想萬一我不能使你了解我時，我情願離開這個世界，我不能看著你忍心的扮演。」

「那麼，你要我怎麼樣？」沁珠苦笑著說。

「我要你好好地做人，努力你的事業，安定你的生活，你的才資是上好的，為什麼要自甘淪亡？」

「唉！子卿啊，我為什麼不願意好好做人？又為什麼不願意安定我的生活？但是我有的是一顆破了的心，滴著血的損傷的心啊！你叫我怎樣能好好做人？怎樣能安定我的生活？唉，我不恨別的，只恨為什麼天不使你早些認識我，倘使兩年前你便認識了我那自然不是這種樣子。現在啊，現在遲了！」

「這話果是從你真心裡吐出來的嗎？絕對沒有挽救的餘地嗎？但是你的心滴了血，我的血就不能使你填補起來嗎？唉，殘忍的命運啊！」曹將頭伏在兩臂中，他顯然是太悲傷了。

「子卿，你安靜些，聽我說，並不是你絕對沒有救助我的希望，我只怕我……」沁珠聲音哽住了，曹也禁不住落著淚。

當我走到他倆面前時，雖是使他倆吃了一驚，但我卻替他倆解了圍，我問沁珠覺得怎樣？她拭著淚道：「已經好得多了，不久就可以起來……但是你的月考怎樣了？」

「那還不是對付過去了……你睡的日子真不少，明天差不多整整三個星期了。據醫生說，一個月之後就可以起來，那麼你再好好休養十天，我們又可以一同去玩了。……你學校裡的功課，孫誠替你代理，她這個人作事也很認真，你大可以放心的，其他的事情呢，也少思量，病體才好，真要好好的保重才是！……」

八

我這些話不提防使他倆都覺得難堪起來。曹更是滿面過不去。我才覺悟我的話說得太著跡了，只好用旁的話來混開，我念了一封極有趣的情書給他倆聽：

「我最尊敬，最愛慕的女士：—— 將來的博士夫人，哈哈，你真該向我賀喜，我現在已得到大陰國家爾頓大學的博士學位了！這一來合了女士結婚的條件，快些預備喜筵，不要辜負了大好韶光，正是洞房花燭夜，金榜題名時呢！

你的愛人某某上。

「噫，這真是有趣的情書，現在這些年輕人，戀愛要算是比什麼都重要的工作了！」沁珠嘆息著說。

「那你就把他們看得太高了！」我接著說：「他們若果把戀愛看得比什麼都重，我倒不敢再咒詛人生了！……老實說吧，這個世紀的年輕人，就很少有能懂得愛情的，男的要的是美貌，肉感，女的呢，求的是虛榮，享樂，男女間的交易只是如此罷了！……你們不信，只看我適才念的這封情書就是老大的證據了。」

「真的，素文你那封情書究竟從哪裡尋來的？」沁珠問。

「哦，你認得尹若溪嗎？」我說。

「是不是那個身材高大，臉上帶著滑稽像的青年呢？」

「可不就是那個缺德貨嗎？」我說：「他最近看上一個法大的女生李秋紋，變盡方法去認識她，但是這位李女士是個崇拜博士頭銜的人，老尹當然是不夠格，雖然費盡心計，到頭還是抹了一鼻子灰，這一來老尹便羞惱變成怒，就給李女士寫了這麼一封奚落的信。把個李女士氣得發瘋，將這封信交給我，要我設法報復他，我覺得太無聊，因勸李女士息事寧人給他個不理就算了。」

　　這一段故事說完，差不多已將近黃昏了，曹因為晚上有事他先走了，我獨自伴著沁珠，不免又提到適才她和曹的談話，沁珠嘆氣道：「素文，我真怕又是一個不祥的開端呢！」我聽了沁珠的預料，心裡也是一動，但怕沁珠太傷心於病體有礙，因勸她暫且把這件事放下，好好養病要緊，恰好王媽端進牛乳來，她吃過之後，稍微躺了些時，似有睏意，我便悄悄地回學校了。

八

九

　　沁珠病好的時候，已經是殘秋了。丹桂只餘下些殘瓣落英，當她第一天到學校去上課時，那正是一個天高氣爽的早晨。雖然沒有嬌媚的花柳，卻見雁影橫空，殘月一鉤斜掛碧清的天際，別有一種自然的美妙。沁珠坐在包車上，真覺得眼前暢亮，心底澄淨。及至走進學校門口，那一群活潑天真的女孩，像是極樂園中的安琪兒，翩翩地飛跑前來，將沁珠包圍在垓心，睜圓了她們水波似的眼睛向沁珠問訊：

　　「啊！張先生怎麼病了這些時候，真的把我們都想壞了！」一個身量小巧的孩子誠懇地說著。

　　「是啊！我們每天都到教務處打聽……今天可給我盼到了！」那個兩頰緋紅得像是從露晨摘下來蘋果臉的女孩，一面說著一面去拉沁珠的手。別的女孩也都攏近了，不住向沁珠身上摸弄。這是怎樣一個充滿了和愛的世界啊！使沁珠如同到了夢裡，只是含笑對著她們，直到打了上課鈴，這群孩子才圍隨了沁珠到講堂去，當她站在高高的講臺上看見每一個天真無疵的臉的熱誠的表情，她真驕傲得如同一個女王。

九

「嘎，孩子們這些日子的功課都用心學習了嗎？」她問她們。

「是的，先生！我們沒有忘記先生告訴我們的話。你瞧我們教室不是都掛上許多好看的畫片？—— 那是先生替我們選的啊！」一個年齡稍大的孩子 —— 是這一級的自治會長，很有禮貌地站起來回答。

「很好！這個世界上，只有你們是我認為最完善美好的生物！願你們不僅現在 —— 一直到無窮的將來，都保持你們的天真！」

「先生，我們願意！」大家齊聲地喊著。

「你們願意那很好！不過你們要時時小心，不要叫壞的環境改造了你們！……啊，你們還太小，不知道人類世界的種種陷阱和誘惑呢！」

「先生，我們願意永遠跟著先生！」

「我啊，也已經是環境底下的俘虜了！……我常常想望我能再回到童年……但這僅僅是個想望，所以希望你們好好愛惜你們的童年，不要等到童年去了而追悔！……」

這些話沁珠常常要灌輸進這些弱小的心靈裡去。她的確和一般留聲機式的教員有點兩樣。所以這些孩子們對她也有一種

特別的親情。這時她們都靜默著一聲不響，這是很顯然的她們已經被她的話所感動了。於是沁珠不再說下去，含笑道：「好，今天我們該讀一課國語了，拿出你們的書來吧。」那些孩子便又恢復了她們的活潑的心情，笑嘻嘻地把國文讀本拿了出來……

「今天講《一個愛國童子》吧。」沁珠說。

「好極了，先生讓我唸，我都認得。」那坐在前排的一個小女孩說。

「好，你唸！……你們大家都留心聽，看她唸得錯不錯？。」

那個小女孩非常高興地站了起來，把書舉得高高的，朗聲念了一遍。

別的孩子都含笑地望著她。沁珠問道：「她唸得好不好？」

「好！」大家齊聲地應著。

這時下課鈴響了。這些孩子急著把書放在桌屜裡，值日生喊了一二三，一陣歡笑跳叫的聲音，充滿了這一間教室。「啊，真是可愛的小鳥兒！」沁珠悄悄地讚嘆著走出教室。她們要沁珠到操場看她們搶球，在那一片空曠的球場上，剎那間洋溢著快樂真情的空氣。直到第二課的上課鈴響了，她們才戀

九

戀不捨地離開沁珠去上課。

　　沁珠等她們都進了教室，兀自怔怔地站在操場裡，她的心是充滿了又惆悵又喜悅的情調，世界是怎樣的多色彩啊！這一幕美妙的喜劇，現在又已閉了幕。第二幕是什麼呢？當她離開學校大門時，彷彿自己被擯於樂園門外，對著那些來往的行人，在他們愁苦奔忙的臉上，她的心又沉入了悲戚，她無精打采地回到寄宿舍裡，曹已先在她的房裡等她呢。

　　「你今天頭一次給她們上課，不覺得吃力嗎？」曹溫柔地問著。

　　「不，不但不吃力，我的精神反覺得愉快，孩子們的天真熱情，真可以鼓舞頹廢的人生！……真的，我只要離開她們，就要感到生命上的創傷！……」

　　「自然她們是那樣的坦白，那樣的親切，無論什麼人，處到她們的中間，都要感到不同的情趣的。況且你又是一個主情教育的人，更容易從她們那裡得到安慰。不過也不見得除此之外，便再沒有真情了，總之我希望你容納我對你的關切……」

　　「嗄，子卿，我知道你待我的一片真心，我也常常試著變更我的人生觀，不過一個人的主觀，有時候是太固執的不易變化，這要慢慢來才行，不是嗎？」

「既然這樣，我敢向著這藍碧的神天發誓，只要我生存一日，我便要向這方面努力一日，看吧，總有一天你要相信我只是為你而生存的！」

「唉！好朋友！我們不談這些使人興奮的話吧！這樣的好天氣，今天又是星期六，我們正該想個方法消遣，為什麼學傻子，把好日子從自己手指縫中跑了呢！」

「很好，今天不但天氣好，而且還是月望呢。我早就想約你和素文，還有一兩個知己的朋友，到西山看月去，你今天既然高興，我們就去吧！」

「也好吧，你去通知你的朋友，我去打電話給素文，我們三點鐘在這裡會齊好了。」

曹聽了沁珠的話，果然去分頭召集他的朋友。沁珠便打電話給我，那時我正在院子裡晒頭髮，聽了要到西山看月，當然很高興，忙忙把頭髮梳光了，略略修飾了一番便到沁珠那裡。一進門，已聽見幾個青年男人談話的聲音，我不敢就走進去，喊了一聲沁珠，只見她瀟灑的身段，從門簾裡閃了出來，向我招手道：

「快來，人都齊了，只等你呢！」她挽著我的手來到房裡，在那地方坐著三個青年，除了曹還有兩個為我所不認識

九

的。沁珠替我介紹之後，才知道一個叫葉鐘凡，一個叫袁先志，都是曹的同學。

這兩個青年長得都還清秀，葉鐘凡似乎更年輕些，他的豐度瀟灑裡面帶著剛強，沁珠很喜歡他，曾對我道：「你看我這個小兄弟好不好？」葉鐘凡聽說，便也含笑對我道：「對了我還不曾告訴素文女士，我已認沁珠作我的大姊姊呢！」

我也打趣道：「那麼我也可以叨光，叫你一聲老弟了！」

曹和他們都笑道：「那是當然！」我們談笑了一陣已經三點了。便一同乘汽車奔西直門外去，四點多鐘已到了西山。今晚我們因為要登高看月，所以就住在甘露旅館。晚上我們預備喝酒，幾個青年人聚在一塊，簡直把世界的色彩都變了。在我們之間沒有顧忌，也沒有虛偽，大家都互示以純真的赤裸的一顆心。

今夜天公真知趣，不到八點鐘，澄明的天空已漾出一股清碧的光華，那光華正托著圓滿皎瑩的月兒，飯後我們都微帶酒意的來到甘露旅館前面的石臺上，我們坐在那裡，互相沉醉於夜的幽靜。

「啊，天蒼蒼，地茫茫，風吹草低見牛羊！」曹忽在極靜的氛圍中高吟起來。於是笑聲雜作。但是沁珠她依然獨倚在一

株老松柯的旁邊，默默沉思。她今天穿的是一件玄色黑綢袍，黑絲襪和黑色的漆皮鞋。襯著在月光下映照著淡白色的面龐，使人不禁起一種神祕之感。我忽想起來從前學校的時候，有一天夜裡，也正有著好的月色。我們曾同文瀾、沁珠、子瑜幾個人，在中央公園的社稷壇上作黑魔舞，沁珠那夜的裝束和今夜正同，只是那時她還不曾剪髮，她把盤著的 S 髻鬆開來，柔滑的黑髮散披在兩肩上，在淡白的月光下輕輕地舞著，這一幕幽祕的舞影時時浮現在我的觀念界。所以今夜我又提議請沁珠作黑魔舞，在坐的人自然都贊成。葉鐘凡更是熱烈地歡迎，他跑到沁珠站著的地方，恭恭敬敬行了一個軍禮說道：「勞駕大妳，賞我們一個黑魔舞吧！」沁珠微微笑道：「跳舞不難，你先替我吹一套《水調歌頭》再說。」

「那更不難！可是我吹完了你一定要跳！」

「那是自然！」

「好吧，小袁把簫給我！」袁先志果然把身邊帶著的簫遞了過去。他略略調勻了聲韻，就抑抑揚揚地吹了起來。這種夜靜的空山裡，忽被充滿商聲的簫韻所迷漫，更顯得清遠神奇，令人低徊不能自已了。曹並低吟著蘇東坡的《水調歌頭》的辭道：

九

　　明月幾時有，把酒問青天，不知天上宮闕，今夕是何年。我欲乘風歸去，又恐瓊樓玉宇，高處不勝寒。起舞弄清影；何似在人間。轉朱閣，低綺戶，照無眠，不應有恨，何事長向別時圓。人有悲歡離合，月有陰晴圓缺；此事古難全，但願人長久，千里共嬋娟。

　　辭盡簫歌，只有淒涼悲壯的餘韻，還繚繞在這剎那的空間。這時沁珠已離開松柯，低眉默默地來到臺的正中。只見她兩臂緩緩地向上舉起，仰起頭凝注天空。彷彿在那裡捧著聖母飄在雲中的衣襟，同時她的兩腿也慢慢地屈下，最後她是跪在石板上了，恰像那匍匐神座前祈禱的童貞女，她這樣一來，四境更沉於幽祕，甚至連一些微弱的呼吸聲都屏絕了。這樣支持了三分鐘的光景，沁珠才慢慢站了起來，旋轉著靈活的軀幹，邁著輕盈的跳步，舞了一陣。當她停住時，曹連忙跑過去握住她的手道：「沁珠啊，的確的，今夜我的靈魂是受了一次神聖的洗禮呢！也許你是神聖的化身呢？」沁珠聽了這話，搖頭道：「不，我不是什麼神聖的化身，我也正和你一樣，今夜只求神聖洗盡我靈魂上的創痍罷了！」

　　在沁珠和曹談話的時候，我同葉鐘凡、袁先志三個人轉過石臺去看山澗的流泉 ── 那流泉就在甘露旅館的旁邊，水是從山澗裡蜿蜒而下，潺潺濺濺的聲響，也很能悅耳，我們在那

裡坐到更深，冷露輕霜，催我們回去。在我們走到甘露旅館的石階時，沁珠同曹也從左面走來，到房間裡，我們喝了一杯熱茶，就分頭去睡了。

　　我們一共租了兩間房子，沁珠和我住一間，他們三個人住一間。當我們睡下時，沁珠忽然長嘆道：「怎麼好？這些人總不肯讓我清淨！」

　　「又是什麼問題煩擾了你呢？」我問她。

　　「說起來，也很簡單，曹他總不肯放鬆我……但是你知道我的脾氣的。就是沒有伍那一番經過，我都不願輕易讓愛情的斧兒砍毀我神聖的少女生活。你瞧，常秀卿現在快樂嗎？鎮日作家庭的牛馬，一點得不到自由飄逸的生活。這就是愛情買來的結果啊！僅僅就這一點，我也永遠不作任何人的妻。……況且曹也已經結過婚，據說他們早就分居了 —— 雖然正式的離婚手續還沒辦過。那麼像我們這種女子，誰甘心僅僅為了結婚而犧牲其他的一切呢？與其嫁給曹那就不如嫁給伍 —— 伍是我真心愛過的人。曹呢，不能說沒有感情，那只因他待我太好了，由感激而生的愛情罷了……」

　　「既然如此，你就該早些使他覺悟才好！」我說。

　　「這自然是正理，可是我現在的生活，是需要熱鬧啊！他

的為人也不壞，我雖不需要他作我的終身伴侶。但我卻需要他點綴我的生命呢！……這種的思想，一般人的批評，自不免要說我太自私了。其實呢，他精神方面也已得了相當的報酬。況且他還有妻子，就算多了我這麼個異性朋友，於他的生活只有好的，沒有什麼不道德……因此我也就隨他的便，讓他自由向我貢獻他的真誠，我只要自己腳步站穩，還有什麼危險嗎？」

「你真是一個奇怪的人物，沁珠。」我說：「你真是很顯著的生活在許多矛盾中，你愛火又怕火。唉！我總擔心你將來的命運！」

沁珠聽了我的話，她顯然受了極深的激動，但她仍然苦笑著說道：「擔心將來的命運嗎？……那真可不必，最後誰都免不了一個死呢！……」

「唉，我真是越鬧越糊塗，你究竟存了什麼心呢？」

「什麼心？你問得真好笑，難道你還不知道，我只有一個傷損的心嗎？有了這種心的人，她們的生活自然是一種不可以常理喻的變態的，你為什麼要拿一個通常的典型來衡量她啊！」

「唉！變態的心！那是只能容納悲哀的了。可是你還年輕，為什麼不努力醫治你傷損的心，讓它一直壞下去呢？」

「可憐蟲，我的素文！在這個世界上，哪裡去找這樣的醫生呢？只要是自己明白是傷損了，就是傷損了，縱使年光倒流，也不能抹掉這個傷損的跡痕啊！」

「總而言之，你是個奇怪的而且危險的人物好了。朋友！我真是替你傷心呢！」

「那也在你！」

談到這裡，我們都靜著不作聲，不知什麼時候居然被睡魔接引了去。次日一早醒來，吃過早點，又逛了幾座山。楓葉有的已經很紅了，我們每人都採了不少帶回城裡。

九

十

　　我們從看月回來後，天氣漸漸冷起來了。在立冬的那一天，落了很大的雪。我站在窗子前面看那如鵝毛般的雪花，洋洋灑灑地往下飄。沒有多少時候，院子裡的禿楊上，已滿綴上銀花；地上也鋪了一層白銀色的球氈。我看到這種可愛的雪，便聯想到滑冰；因從床底下的藤籃裡，拿出一雙久已塵封的冰鞋來。把土揩乾淨，又塗了一層黑油，一切都收拾好了，恰好文瀾也提著冰鞋走進來道：「嚇，真是天下英雄所見略同，你也在收拾冰鞋嗎？很好，今天是我們學校的滑冰場開幕的頭一天，我們去看看！」

　　「好，等我換上戎裝才好。」我把新制的西式絨衣穿上，又繫上一條花道嘩嘰呢的裙子。同文瀾一同到學校園後面的冰棚裡去，遠遠已聽見悠揚的批霞娜的聲音。我們的腳步不知不覺合著樂拍跳起來，及至走到冰棚時，那裡已有不少的年輕的同學，在燦爛的電燈光下，如飛燕穿梭般在冰上滑著；我同文瀾也一同下了場，文瀾是今年才學，所以不敢放膽滑去，只扶著木欄杆慢慢地走。我呢，卻像瘋子般一直奔向垓心去。同學們中要算那個姓韓的滑得好。她的身體好像風中柳枝般，又

十

活潑又裊娜 —— 今天她打扮得特別漂亮，上身穿一件水手式的白絨線衣，下身繫一條絳紫的嗶嘰裙，頭上戴一頂白絨的水手式的帽子，胸前斜掛著一朵又香又鮮的紅玫瑰。這樣鮮明的色彩，更容易使每個人的眼光都射在她身上了。她滑了許久，臉上微微泛出嬌紅來，大約有些疲倦了。在音樂停時她一竄就竄出冰棚去。其餘的同學也都暫時休息，我同文瀾也換了冰鞋走到自修室裡去。在路上我們談到韓的技巧，但是文瀾覺得沁珠比她滑得更好。因此我們便約好明天下午去邀沁珠來同韓比賽。

第二天午飯後，文瀾和我把冰鞋收拾好，坐上車子到沁珠的寄宿舍去。走到裡面院子時，已看見她的房門上了鎖，這真使我們掃興，我去問王媽，她說：「張先生到德國醫院去了。」

「怎麼，她病了嗎？」文瀾問。

「不，她去看曹先生去了！」王媽說。

「曹先生生病了，是什麼病？……怎麼我一點都不知道！」我說。

「我也不大明白是什麼病，只聽見張先生的車伕說好像是吐血吧！」王媽說。

「啊，真糟！」文瀾聽了我的話，她竟莫名其妙地望著

我，隔了些時，她才問道：「這到底是怎麼一回事呢？」

我說：「現在就是我也不清楚，不過照我的直覺，我總替沁珠擔心罷了。」

「莫非這病有些關係愛情嗎？」聰明的文瀾懷凝地問。

「多少跑不了愛情關係吧 —— 唉，可怕的愛情，人類最大的糾紛啊！」

王媽站在旁邊，似懂非懂地向我們呆看著，直到我們沉默無言時，她才請我們到沁珠的房裡坐，她說：

「每天張先生頂多去兩個鐘頭就回來的。現在差不多是回來的時候了。」我聽了她這樣說，也想到她房裡去等她，文瀾也同意，於是我們叫王媽把房門打開，一同在她房裡坐著。我無意中看見放在桌上有一冊她最近的日記簿，這是怎樣驚奇的發現，我顧不得什麼道德了，伸手拿起來只管看下去：

■ 十月二十日

這又是怎麼回事呢？愛情啊，它真是我的對頭，它要戰勝我的意志，它要俘虜我的思想！……今天曹簡直當面鼓對面鑼地向我求起婚來；他的熱情，他的多豐姿的語調，幾乎把我戰勝了！他穿得很漂亮，而且態度又是那樣的雍容大雅，當他顫抖地說道：「珠！操縱我生命的天使啊！請看在上帝的面上，

十

用你柔溫的手，來援救這一個失路孤零的迷羊吧！你知道他現
在唯一的生機和趣味，都只在你的一句話而判定呢？」嚇，他
簡直是淚下如雨呢！我不是鐵石鑄成的心肝五臟，這對於我是
多可怕的刺激！當時我只覺得天旋地轉，早忘記我自己是在
人世，還是在上帝的足下受最後的審判。我只有用力咬住我的
嘴唇我不叫任何言語從我的口唇邊悄悄地溜出來。天知道，這
是個自從有人類以來最嚴重的一剎那呢！曹他見我不說話，鮮
紅的血從口角泛了出來。他為這血所驚嚇，陡然地站了起來，
向我注視。而我就在這個時候失了知覺，也不知道他什麼時候
走的。我醒來時，只有王媽站在我的面前。我問她，「曹先生
呢？」她說去請醫生去了，不久果然聽見皮鞋聲，曹領來一個
西裝的中國醫生，他替我診過脈後，打了一針強心針，他對曹
說：「這位女士神經很衰弱，所以受不起大刺激的，只要使她
不遭任何打擊就好了！」醫生走後，曹很悲慘地走進來，我讓
他回去休息，他也並不反對，黯然地去了，唉，多可怕的一幕
啊！……

■ 十月二十二日

曹昨天整日沒有消息，「也許他惱我了？」我正在這樣想
著，忽見王媽拿進一封信來，正是曹派人送來的，他說：「我

拿一顆血淋淋的心，虔誠貢獻在你的神座下，然而你卻用一瓢冷水，將那熱血的心澆冷。唉！我還要這失了生機的血球般的心作什麼？我願意死，只有死是我唯一的解脫方法！多謝天，它是多麼仁愛呀！昨夜我竟又患了咯血的舊病 —— 說到這個病真夠悲慘。記得那年我只有十七歲，祖父年紀很高了，他急於要看我成家，恰好那年我中學畢業，要到外面升學，而我的祖父就以成家為我出外的唯一條件，最後我便同一個素不相識的某女士結了婚。入洞房的那一夜，我便咯起血來 —— 足足病了一個多月才好 —— 這雖是個大厄運，然而它可救了我。就在我病好後的四天，我即刻離開故鄉，到外面過飄流的生活，現在已經七八年了。想不到昨夜又咯起血來，這一次的來勢可凶，據說我失的血大約總有一個大飯碗的容量吧，葉和袁把我弄到醫院裡來，其實他們也太多事呢！……」

唉！當然我是他咯血的主因了。由不得我要負疚！今天跑到醫院去看他，多慘白的面色啊！當我坐近他床邊的椅子上時，我禁不住流下淚來。我不知道說什麼好，不過眼看著一個要死般的人躺在那裡，難道還不能暫且犧牲自己的固執救救他嗎？所以當時我對他說：「子卿只要你好好地養病，至於我們的問題盡好商量。」唉！愛情啊，你真是個不可說的神祕的東西！僅僅這一句話，已救了曹的半條命呢。他滿面笑容地流著

淚道：「真的嗎？珠你倘使不騙我的話，我的病好是極容易的啊！」

「當然不騙你！」我說。

「那麼，好！讓我們拉拉手算數！」我只得將手伸過去，他用力握住我的手，慢慢移近唇邊，輕輕地吻了一下道：「請你按鈴，告訴看護，我肚子餓了，讓我吃些東西吧！」我便替他把看護叫來，拿了一杯牛乳，他吃過之後，精神好了許多。那時已近黃昏了，他要我回來休息，當我走出醫院的門時，我是噙著一顆傷心的眼淚呢！

我把沁珠這一段日記看過之後，我的心跟著緊張起來。我預料沁珠從此又要拿眼淚洗臉了！想到這裡由不得滴下同情淚來。文瀾正問我為什麼哭時。院子裡已聽見沁珠的聲音在喊王媽，文瀾連忙迎了出去：

「唷，文瀾嗎？你怎麼有工夫到這裡來？……素文沒來嗎？」沁珠說。

「怎麼沒來？聽說曹病了，我也沒去看他，今天好些嗎？」我這樣接著說。

「好些了，再調養一個禮拜就可以出院了。你們近來作些什麼事情呢？昨天的一場大雪真好，可惜我沒有興趣去玩！」

「今年你開始滑冰了嗎？我們學校的冰場昨天行開幕禮，真熱鬧，可惜你沒去；讓小韓出足了風頭！今天本想來邀你去和她比賽，偏巧你又有事！……」

「這樣吧，今晚你們就在我這裡吃晚飯，飯後我們同到協和冰場去玩一陣；聽說那裡新聘了一位俄國音樂家，彈得一手好琴呢。」

我們聽了沁珠的建議，都非常高興，晚飯後，便同沁珠匆匆地奔東城去，到了冰場時，只見男男女女來滑冰和助興的人，著實不少，我們去的正是時候，音樂剛剛開場，不但琴彈得好，還和著梵亞琳呢。我們先到更衣室裡，換好冰鞋，扎束停當，便一同下場去。沁珠的技藝果然是出眾的。她先繞著圍場滑了幾轉。然後側著身子，只用一隻腳在冰上滑過去，忽左忽右忽前忽後，真像一個蝴蝶穿過群芳，蜻蜓點水般又輕盈又裊娜的姿勢；把在場的人都看得呆了。有幾個異性的青年，簡直停在柵欄旁邊不滑了，只兩眼呆呆地、跟著沁珠靈活的身影轉動。文瀾喜得站在當中的圓柱下叫好，其餘的人也跟著喝起彩來。我們這一天晚上玩得真痛快，直到十一點多，冰場的人看看散盡，樂聲也停止了，我們才盡興而回。那時因為已經夜深，我們沒有回學校，一同住在沁珠那裡。

走進沁珠的房裡，沁珠一面換著衣服，一面嘆息道：「滑

十

冰這種玩藝有時真能麻醉靈魂，所以每一年冬天，我都像發狂似地迷在冰場上。在那晶瑩的刀光雪影下，我什麼都遺忘了，但是等到興盡歸來，又是滿心不可說的悵惘，就是今夜吧，又何嘗不一樣呢！」

沁珠這些話，當然是含有刺激性的，就是文瀾和我也都覺得心裡悵悵的，當夜沒有再談下去，胡亂地睡了。

第二天一早晨，文瀾因為要趕回去上課到學校去了。我同沁珠吃過午飯，到德國醫院去看曹，當我們走進他的房間時，只見他倚在枕上看報紙呢！我向他問了好，他含笑地讓我坐下，道：「多謝素文女士，我的病已經好了大半；已有三四天不咯血了，只是健康還沒有十分復原。」

我說：「那不要緊，只要再休養幾天一定就好了。」

當我們談著的時候，沁珠把小茶几上的花瓶裡的臘梅，換了水。又看了看曹的熱度記錄表，然後她坐在曹床旁的沙發椅上，把帶來不曾織完的絨線衣拿了出來 —— 這件衣服是她特為曹制的，要趕在曹出院的時候穿。在她低眉含笑織著那千針萬縷的絲絨時，也許她內心是含著甜酸苦辣複雜的味道。不過曹眼光隨著沁珠手上的針一上一下動轉時，他心裡是充滿著得意和歡悅呢！我在旁邊看著他倆無言中的表情，怎能禁止我喊出：「啊，愛情 —— 愛情是這個世界上唯一的奇蹟喲！」我這

樣低聲地喊著，恰好沁珠抬起頭來看我：「有什麼發現嗎？素文！」她說。

「哦，沒有什麼！」曹看見我那掩飾的神情，不禁微微地笑了。這時忽聽見迴廊上皮鞋聲，醫生和看護進來診察。沁珠低聲道：「時候到了，我們走吧！」

曹向我們點頭道謝，又向沁珠道：「明天什麼時候見呢？」

「大約還是這個時候吧！」沁珠說。

我們走出醫院，已是吃晚飯的時候。我約沁珠到東安市場去吃羊肉鍋，我們又喝了幾杯酒，我趁機向沁珠道歉說，我不曾得到她的應允，擅自看了她的日記。

她說那不要緊，就是我沒有看，她也要把這事情的經過告訴我的……並且她又問我：

「你覺得我們將來的結果怎樣？」

我聽了這話，先不說我的意見，只反問她道：「請先說說你自己的預料。」

「這個嗎？我覺得很糟！」她黯然地說。

「但是……」我接不下去了，她見我的話只說了半截便停住了很難受，她說：「我們是太知己的朋友，用不著顧忌什麼啊！但是怎樣呢？」

十

　　我被她逼問得沒辦法，只得質直地說道：「但是你為什麼又給他一些不能兌現的希望呢！」

　　「唉！那正是沒有辦法的事呢，也正如同上帝不罪醫生的說謊一樣。你想在他病得那種狼狽的時候，而我又明明知道這個病由是從我而起的，怎好坐視不救？至於到底兌現不兌現，那是以後的事，也許他的心情轉變了，也難說。」

　　「不過我總替你的將來擔心罷！」我說：「倘使他要是一個有真情的男人，他是非達到目的不可，那時你又將怎麼辦？到頭來，不是你犧牲成見，便是他犧牲了性命！」

　　「那也再看吧，好在人類世界的事，有許多是推測不來的，我們也只好走一步算一步！」

　　那夜我們的談話到這裡為止，吃過晚飯後就分頭回去。

十一

在那次協和冰場滑冰以後，我因為忙著結束一篇論文，又是兩個星期不見沁珠了，她也沒有信來，在我想總過得還好吧？

最近幾天氣候都很壞，許久不曾看見耀眼的陽光，空氣非常沉重，加著陰晦的四境，使人感到心懷的憂鬱。在禮拜四的黃昏時，又颳起可怕的北風，那股風的來勢真夠凶，直刮得屋瓦亂飛；電線杆和多年的老枯樹也都東倒西歪了。那時候我和文瀾坐在自修室裡，彼此愁呆地看著那怒氣充塞的天空。陡然間我又想到沁珠不知她這時是獨自在宿舍裡呢，還是和曹出去了？我對文瀾說：「這種使人驚懼的狂風，倘使一個人獨處，更是難受，但願沁珠這時正和曹在一起就好了。」

「是呀！真的，我們又許久不看見她了，她近來的生活怎麼？你什麼時候去看她？……」文瀾說。

「我想明天一早去看她。」我這樣回答。

第二天早晨我起床的時候，風早已停了，掀開窗幔，只見世界變成了瓊樓玉宇，滿地上都鋪著潔白的銀屑；樹枝上都懸了燦爛的銀花。久別的淡陽，閃在雲隙中，不時向人間窺視。

這算是雪後很好的天氣。我的精神頓感到爽快。連忙收拾了就去訪沁珠，她才從床上起來，臉色不很好，眼睛的周圍，顯然繞著一道青灰色的痕跡，似乎夜來不曾睡好。她見了我微笑道：「你怎麼這樣早就來了！」

「早嗎？也差不多九點半了。」我說：「嚇，昨夜的風夠怕人的，我不知你怎麼消遣的，所以今天來看看你！」

「昨天的確是一個最可怕的壞天氣 —— 尤其在我，更是一個驚心動魄的日子呢！」沁珠說。

「怎麼樣，你難道又遇見什麼可怕的事情了嗎？」我問。

「當然是使人靈魂緊湊的把戲，不過也是在我的意料中，只是在昨夜那樣狂風密雪的深夜而發生這件事 —— 彷彿以悲涼的布景，襯出悲涼的劇文，更顯得出色罷了。」沁珠說。

「究竟是怎樣的一幕劇呢？」我問。

「等我洗了臉來對你細說吧。」她說著就到外面屋子洗臉去了。約過了五分鐘，她已一切收拾好，王媽拿進一壺茶來，我們喝了茶以後，她便開始述說：

「昨天我從學校回來後，天氣就變了。所以我不曾再出去。曹呢，他也不曾來。我吃了晚飯，就聽見院子裡那兩棵大槐樹的枯枝發出沙沙的響聲；我知道是起風了。便把門窗關得

緊緊的。但是那風勢越來越厲害，不時從窗隙間刮進灰沙來。我便找了一塊厚絨的被單，把門窗遮得十分嚴密，屋子裡才有了溫和清潔的空氣。於是我把今天學生們所作的文卷，放在案上一本一本依次地改削。將近十點鐘的時候，風似乎小了些，但卻聽見除了風的狂吼外，還有瑟瑟的聲音，好像有人將玉屑碎珠一類的東西灑在屋瓦上，想來是下雪了。我便掀開窗幔向外張望，果然屋頂上有些稀薄的白色東西。一陣陣的寒風吹到我的臉上，屋裡的火爐也快滅了，我就想著睡了吧，正在這個時候，忽聽見門外有人說話的聲音，似乎是王媽，她說：『張先生睡了嗎？曹先生來了。』我被這意外的來客，嚇了一跳。『這樣的時候怎麼他會到我這裡來呢？！』我心裡雖然是驚疑不定，但是我還裝作很鎮靜地答道：「我還沒有睡呢，請曹先生進來吧！』我一面把門閂打開，曹掀開門簾一步竄了進來，然後站得筆直地給我行了個軍禮 —— 今夜他是滿身戎裝，並且還戴著假髮 —— 很時髦的兩撇八字鬍 —— 倘使不是王媽先來報告，我驀一看，簡直真認不出是他呢。我看了這種樣子，覺得又驚奇又好笑，我說：『呀，你怎麼打扮成這個樣子？』曹含著笑拿下那假鬍，一面又脫了那件威武的披風，坐下說道：『我今夜是特來和小姐告別的。』」

「『告別？』我不禁驚訝地問道：『這真像是演一出偵探

🌸 十一

劇 —— 神出鬼沒的，夠使人迷惑了！究竟要到什麼地方去呢？』」

「曹見了我那種驚詫的樣子，他只是笑，後來他走近我的身旁，握住我的手道：『珠！請你先定一定心，然後我把這劇文的全體告訴你吧！……但是我要請你原諒，在我述說一切之先，你得回答我一個問題，那就是在德國醫院裡你所答應我的那件事情可是當真？』」

「『呀，你的話越說越玄，我真不明白你指的是哪一件事情？』我這樣回答他。」

「『哦，親愛的小姐！你不要和我開玩笑了！這種事情，便是把我燒成灰也不會忘記的，你難道倒不明白了嗎？唉！珠，老實說吧，為了愛情的偉大，我們應當更坦白些，我們的大問題究竟什麼時候才能解決，才能使幻夢成為事實呢？……』」

「其實呢，我何嘗不明白他所指的那件事，不過我在醫院所允許他的，正是你所說的是不兌現的希望 —— 那是一時權宜之計，想不到他現在竟逼我兌起現來；這可真難了，當時我看了他那種熱烈而慘切的神情，心頭忽衝出一股說不出的酸楚，眼淚不由自主地滴了下來。但我不願使他覺察到，所以連忙轉過頭去，裝作看壁上的畫片，努力把淚嚥了下去。勉強笑

道：『唉，曹，你的意思我明白了，不過這究竟不是倉卒間所能解決的問題⋯⋯』」

「『珠，我也知道這事是急不得的。只要是你應允了我，遲早又有什麼關係？⋯⋯只要在我離開你之先，能從你這裡得到一粒定心丸我就心滿意足了。』」

「『那麼現在你已經得到定心丸了，你可以去努力你的事業了。』我說。

「『不錯，是得到了，我現在心靈裡是充滿了甜美的希望，無論前途的事業是如何繁巨，都難使我皺眉的，唉，偉大的愛，珠，這完全是你的賜予啊！』」

「曹那時真是高興得眉飛色舞，他將我用力的摟在懷中，火熱的唇吻著我的黑髮。經過了幾分鐘。他像是從夢裡驚醒，輕輕地放開我，站了起來，露出嚴重的面顏對我說道：『現在該談到我自己的事情了，珠，你當然了解我是一個熱血青年。在我們第一次談話時，我已經略略對你表示過，並且我覺得你對於我那種表示很是滿意。但那時我們究竟是初交，所以關於我一切具體的事實，不便向你宣布。⋯⋯現在好了，我們已達到彼此毫無隔閡的地步，當然我不能再有一件事是瞞著你的，因為有要事發生。我明天早車就走，所以今夜趕來和你告別。』」

「我聽完了曹的敘述，不禁向他看了一眼，當然你可猜想到我在這時心情的變化是怎樣劇烈了 —— 曹有時真有些英雄的氣概……但我同時又覺得我嫁給他，總有些不舒服。我當時呆呆地想著，忽聽曹又向我說道：『我這一次去早則兩個月回來，遲則三四個月不定。在這個分離的時間，我們當然免不了通信，不過為了避免家庭的注意，我們不妨用個假名字。』他說到這裡，就在我案上的記事小簿子上寫了 —— 長空 —— 兩個字。並抬頭向我說道：『我還預備送你一個別名呢。』」

　　「『好吧！你寫出來我看看。』他果然又在小簿子上寫了微波兩個字。我們約定以後通信都用別名。談到這裡，他便向我告別，我送他出去的時候，只見天空依舊彤雲密布，鵝毛般的雪片不斷地飄著；我們冒著風雪走過那所荒寂的院落，就到了大門。我將他送出大門，呆呆地看著他那碩高的身影，在飛絮中漸漸的遠了，遠到看不見時，我才轉身關門進來，那時差不多一點鐘了。王媽早已睡熟。我悄悄地回到房裡，本就想去睡。哪裡曉得種種的思想和轆轤般不住在腦子裡盤旋。遠處的更聲，從寒風密雪裡送了過來，那種有韻律而清脆的音波，把我引到更淒冷的幻夢裡，最後我重新起來，把木炭加了些在那將殘的火爐裡。把桌上那盞罩著深綠色罩子的電燈燃著。從正中的抽屜中拿出我的日記本，寫了一陣，心裡才稍覺爽快

了……」

　　我聽沁珠說到這裡，便很想看看她的日記，當我向她請求時，她毫不勉強地答應了。並且替我翻了出來，我見那上面寫著：

■ 十一月五日

　　這是怎樣一個意想不到的遭遇呢？！──在今夜風颳得那樣凶猛，好像餓極了的老虎，張著巨大的口，要把從它面前經過的生物都吞到肚子裡去。同時雪片像扯絮般地落著。這真是一個可怕的夜。人們早都鑽在溫軟的被縟中尋他們甜美的夢去了。而誰相信，在一所古廟似的荒齋中，還有一個飄泊而傷心的女兒，正在演一出表面歡喜，骨子裡悲愁的戲劇呢！

　　曹今夜的化裝，起初真使我震驚。回想他平日的舉動，就有點使人不可測，原來他卻是一個英雄！他那兩撇富有尊嚴意味的假鬚，襯著他那兩道濃重的劍眉，和那一身威武懾人的軍裝，使我不知不覺聯想到拿破崙──當然誰提到這位歷史上的人物，不但覺得他是一個出沒槍林彈雨中的英雄，同時還覺得他是一個多情的風流角色呢！曹實際上自然比不上拿破崙，但是今夜我卻覺得他全身包涵的是兒女英雄雜糅著的氣概。可是我自己又是誰呢？約瑟芳嗎，不，我不但沒有她那種傾國傾

城的容貌；同時我也不能像她那樣死心塌地地在她情人的溫情中生活著。當他請求我允許他作將來的伴侶時，在那俄頃間，我真不明白是遇見了什麼事情！我一顆損傷的心流著血；可是我更須在那舊創痕上加上新的刀傷。這對於我自己是太殘酷了，然而我又沒有明白叫他絕望的勇氣。當然我對於他絕不能說一點愛情都沒有，有時我還真實心實意的愛戀著他，不過不知為什麼，這種的愛情，老像是有多種的色彩，好似是從報恩等等換了出來的，因此有的時候要失掉它偉大的魔力，很清楚地看見愛神的後面，藏著種種的不合協 —— 這些不合協，有一部分當然是因為我太野心，我不願和一個已經同別的女人發生過關係的人結合。還有一部分是我處女潔白的心，也已印上了一層濃厚的色彩，這種色彩不是時間所能使它淡退或消滅的；因此無論以後再加上任何種的色彩；都遮不住第一次的痕跡。換句話說，我是時時回顧著以往，又怎能對眼前深入呢？唉，天啊！我這一生究竟應走哪一條路？這個問題可真太複雜了！我似乎是需要熱鬧的生活；但我又似乎覺得對於這個需要熱鬧的可憐更覺傷心。那麼安分守己地作一個平凡的女人吧，賢妻良母也是很不錯的，無奈我的心，又深感著這種生活是不能片刻忍受的。

　　唉，想起素文屢次警戒我「不要害人！」的一句話，我也

著實覺得可怕。不過上帝是明白這種的情形；正是我想避免的。而終於不能避免，是誰的罪啊？！在我卻只能怪上帝賦予我的個性太頑強了！我不能作一個只為別人而生活的贅疣；我是尊重「自我」的，哪一天要是失掉「自我」，便無異失掉我的生命──曹，他也太怪了。他為什麼一定要纏住我呢？我知道在這個世界上，我不能給任何人幸福，因為我本身就是個不幸的生物，不幸的人所能影響於別人的，恐怕也只有不幸罷了！想到這裡，我只有放下筆向天默祝；我虔誠地希望他，等他事完回來的時候，已經變了一個人就好了！

我看完沁珠昨夜的日記，我的心也在湧起複雜的情調，我不知道怎樣對她開口。當她把日記接過去，卻對我淒然苦笑道：「這不像一出悲劇的描寫嗎……也就是所謂的人生呢！」

「是的！」我只勉強說了這兩個字，而我的熱情悲緒幾乎搗碎了我方寸的靈臺，我禁不住握住她的手黯然地說道：「朋友！好好的扎掙吧；來到世界的舞臺上，命定了要演悲劇的角色，那也是無可如何的！但如能操縱這悲劇的戲文如自己的意思，也就聊可自慰了！」

沁珠對於我這幾句話，似乎非常感動，她誠懇地說道：「就是這話了！只要我不僅是這悲劇中表演的傀儡，而是這悲劇的靈魂，我的生便有了意義！……」

十一

　　我們談到這裡，王媽進來說。沁珠上課的時間快到了，我們便不再說下去。沁珠拿了書包，我們一同出了古廟分途而別。

十二

　　自從過了舊曆的新年後，天氣漸漸變了。這兩天，更見和暖，當早晨的太陽，晒在房檐的積雪上時，在閃閃的銀光下露出黑色的瓦來，雪水如雨漏般，沿著屋簷流了下來，同時發出潺湲的聲響，馬路上也都是泥濘，似乎下過雨一般，在這種大地春回的時光裡，沁珠感到特別的悵惘，最使他失意的是和冰場的告別 —— 的確在去年的一個冬天裡，她不但是整天整晚把身體放在冰場；並且她的一顆心 —— 平日多感抑悶的心，也都放在冰場上。那耀眼的刀光迷醉了她的感官，因此釋放了她的靈魂。但是現在呢，時間把一切都變了面目。冰棚也已經拆毀了，地上的冰都化成了點點的水滴，滲入地裡去。再看不見成群結隊的青年男女；拿著冰鞋興高采烈地往冰場上來。也聽不見悠揚悅耳的音樂，一切只是黯淡沉寂。所以沁珠最近除了每天到學校上課外，多半是躲在寄宿舍裡睡覺，很少和我見面。在一個星期六的下午，學校裡開校友會，許多畢業的同學都來了，她們三三兩兩地談論著，真彷彿出嫁的姑娘回了家，和那青年的姊妹談到過去的歡樂，和別後的新經歷，另有一種情趣。我那時在旁邊沉默地觀察著，好像戲臺底下唯一的顧

客。正在這個時候，覺得有一種輕悄的腳步聲，停在我的背後。我正想回頭看時，一雙柔滑的手矇住我的眼睛了。但是一種非常熟習的肥皂香味，幫助了我的猜想 —— 我毫不猶豫地叫道：「沁珠！」 —— 在一陣格格的笑聲中，那兩雙手鬆了下來，果然正是她。我叫她坐在我的旁邊，並且對她說道：「你到底也來了！」

「我本不想來的，後來想起你……我們又十幾天不見面了。借此機會找你談談也不錯！」

「你現在的生活怎麼樣，曹有信來嗎？」

「信嗎？太多了！差不多每天都有一封，有時還是快信，我也不知道他怎麼有那些工夫？據他說事情也很忙！」

「唉！這就是愛情呀……它能伸縮時間也能左右空間！」

「不過我還不曾感到像你所說的那種境地！」

「那是因為你愛他還不夠數！」

「唉！這點倒是真的！我每次接到他的信！就不知不覺增加一分恐懼！」

「其實你也太固執了，天下難得的是真情，你手裡握住了這希罕的寶貝，為什麼又要把它扔了！」

「真情嗎？我恐怕那只是法國造的贗品金鋼鑽，新的時候

很好看，到頭來便只是一塊玻璃了！」

「但是你究竟相信天地間有真的金鋼鑽沒有呢？」

「真的自然有，不過太少了，我不見得就有那種好運氣吧！」

「運氣，唉！什麼都有個運氣，誰能碰到最好的運氣，那也真難預料，不過我總祝福你能就好了！」

「實在這種憂慮也是多餘，即使碰到這樣好運氣，想透了，還不是苦惱嗎？……愛情從來就沒有單純性，就如同美麗的罌粟花同時是含有毒質的。」

我們正談得深切，忽聽搖鈴開會了，跟著一個身體肥碩的在校同學，邁著八字步上了講臺 —— 這種的模型是特別容易惹人注意。於是全會場的視線都攢集在她身上，並且是鴉雀無聲地靜聽她的發言，她輕輕地咯了一聲道：

「今天是我們在校同學和畢業同學聚會的日子，也就是本校校友會開幕的一天，這真使我們非常高興……」那位肥碩的主席報告到這裡，忽然停住了，於是會場裡起了嘈雜的的私語聲，我們預料今天這個會絕不會有什麼精彩，坐在這裡太無聊了，便和沁珠悄悄地溜出會場。

「那位胖子是哪一級的同學？」沁珠問道。

「是史地系一年級的叫杜芬。」

「你們為什麼叫她作主席？……我可以給她八個字的評語。『貌不驚人，語不壓眾！』」

「誰知道她們學生會裡玩的什麼把戲，不過現在的事情也真複雜，那些能幹的小姐們，都不願意在這種場合裡混。自然現在可是出風頭的地方太多，一個區區學生會怎容得下她們，所以最後只有那些三四等的腳色來幹了！」

我們一面談著已來到學校的大門口，她約我到她的寄宿舍去，在路上我們買了不少零食，和一瓶紅色葡萄酒，我問沁珠道：「你近來常喝酒嗎？」她笑了笑道：「怎麼，你對於喝酒有什麼意見嗎？」

「說不上什麼意見，不過隨意問問你罷了，你為什麼不直接答覆我，反而『王顧左右而言他』呢！」

她聽了我的話不禁也笑了，並且說：

「我近來只要遇到心裡煩悶的時候，就想喝酒。當那酒精在我冷漠的心頭作祟時，我便倒在床上昏昏睡去。的確別有一種意境！」

「那麼你今天大約又有什麼煩悶的事情嗎？」

「誰說不是呢！等一會你到我寄宿舍去，我給你看點東

西，你就明白我心裡煩不煩了！」

　　不久我們便來到那所古廟的寄宿舍裡，王媽替我們開了房門，沁珠把那包零食叫她裝在碟子裡；擺在那張圓形的藤桌上。並替我們斟了兩玻璃杯的酒。沁珠端起滿溢紅汁的杯子叫道：「來，好朋友，祝你快活！」我也將酒杯高舉道：「好，祝你康健和幸運！」我們彼此一笑把一杯酒都喝乾了！王媽站在旁邊不住地阻攔道：「喂，兩位先生，慢些喝吧，急酒容易醉人的！」沁珠說：「不要緊，這個酒不容易醉，再替我們斟上兩杯吧！」王媽把酒瓶舉起來看了看道：「沒有多少了，留著回頭喝吧！」我這時已有些醉意，因道：「好吧，你就替我們收起來！」沁珠笑對王媽道：「唉，我哪裡就醉死了，你嚇得我那樣，好吧，不便辜負你一片好心，你把這些東西都收了去吧！」

　　王媽笑著把殘餚收拾開去，她走後我就問沁珠道：「你要給我看點東西，究竟是些什麼？」

　　她說：「別忙！就給你看！」一面從抽屜裡拿出一隻小盒子，和一個絹包，她指著那個小盒子道：「這是曹由香港寄給我的一對『象牙戒指』，這另一包是他最近給我的信。」她說著將絹包解開，特別找出一個緋紅色的洋信套，抽出裡面淺綠色的信籤，在那折縫中拿出幾張鮮紅色而題了鉛粉字的紅葉，

此外又從信套裡倒出五顆生長南國的紅豆來。這一堆刺人神經的東西，使我不知不覺沉入迷離的幻想裡去。自然那些過去的故事：如古代的宮女由御河裡飄出傳情的紅葉呀；又是什麼紅豆寄相思的豔跡呀；我在這些幻想裡呆住了。直到沁珠把那盒子打開拿出那封純白而雕飾細緻的「象牙戒指」來，才使我恢復了知覺。她自己套了一隻在右手的中指上。同時又拉過我的手來，也替我戴了一隻，微微地笑道：「從來沒看見人戴這種的戒指，這可算是很特別的是不是？」

我說：「物以罕為貴……況且千里寄鵝毛，物輕人意重，不過我不應當無故分惠，還是你收起來吧！」

「呸，我要兩只作什麼？這東西只不過是個玩意罷了，有什麼希奇！」她說著臉上似乎有些不高興。我不敢再去撩撥她。因說：「好了，我不同你開玩笑了，把那紅葉拿來我看看吧。」她將紅葉遞給我，共是三張，每張上面都提了詩句，第一張上寫的是：「紅的葉，紅的心，燃燒著我的愛情！」旁邊另有一行是：「寄贈千里外的微波 —— 長空」第二張上面是題的一句舊詞：「愁腸已斷無由醉，酒未到口先成淚。」第三張上題的是唐人王昌齡的從軍行：「琵琶起舞換新聲，總是關山舊別情，撩亂邊愁聽不盡，高高秋月照長城。」

我看過這三張紅葉不禁嘆道：「曹外表看來很豪爽，想不

到他竟多情如此，我想你們還是想個積極的辦法吧！」

「什麼積極的辦法呀？唉，落花有意流水無情，根本上就用不著辦法！」

「總而言之，人各有心，我也猜不透你，不過據我的推測，你們絕不能就這樣不冷不熱維持下去的。」沁珠聽了我這話，也點點頭道：「我有時也這樣想，不過我總希望有一天不解決而解決就好了。」

「他近來寫給你的信還是那種熱烈的追求嗎？」

「自然是的，不過素文，你相信嗎？人類的慾望，是越壓制也越猖狂。一個男人追求一個女人，也是越得不到手越熱烈。所以要是拿這種的熱烈作為愛的保障，也許有的時候是要上當的。……並且這還不算什麼，最根本的理由 —— 我之所以始終不能如曹所願，是在我倆中間，還不曾掃盡一切雲翳，明白點說，就是曹，他還不是我理想中的人物。」

「關於這一點你曾經對他表示過嗎？」

「當然表示過，但他是特別固執，他說：『珠請相信我，我雖然有許多缺點，然而只要是在可能的範圍中，我一定把它改好。』……你想碰到這樣罕有人物又有什麼辦法？」

「真的，像這樣死不放手的怪人也少有！」

✿ 十二

「看吧，最終不過是一出略帶灰色的滑稽劇罷了……在今日的世界，男人或女人在求愛的時候，往往拿『死』作後盾，說起來不是很嚴重嗎？不過真為情而死，我還未曾見過一個呢？……」

「你真是一個絕對懷疑派！」

沁珠聽了我這句話，她不禁黯然地長嘆了一聲，無精打采地躺到床上去。

這時微弱的太陽光，正射在水綠色的窗紗上，反光映在那一疊美麗的信封上，我不由得便伸手把那些信抽出來讀了。

第一封信上寫著一月十五日，長空從廣州寄。信籤是淡綠色，光滑的墨筆字跡，非常耀眼：

敬愛的微波！

當然你能記得那次的分別 —— 我的喬裝的奇異，和那風寒雪冷的夜色，這些在平凡的生命史上，都有了不同的光彩，是含有又淒豔又悲壯的情調，這種的記憶自我們分手以來，不時地浮現在我的心上，並且使我覺得兒女柔情，英雄俠骨是一而二二而一的。所以縱然蒙你規勸叫我努力於英雄事業，但我同時不能忘卻兒女情懷呢！

初到此地，什麼事情都有些紊亂找不著頭緒。每天從早晨

跑到夜深，有時雖似乎可以偷暇體息，但想到遠別的你，恨不得將夜也變成晝趕快把事情辦妥，便可以回到你的身旁了。

　　你近來的生活怎樣？葉鐘凡和袁先志還在北京嗎？倘使你感到寂寞可以去找他們談談。這封信是我在百忙中抽暇寫的，沒有次序，請你原諒！並盼你的回音！祝你精神爽健！

長空一月十五日

　　第二封信，是曹由香港寄來的：

　　唉！我盼望多天的來信，竟在我移到香港時才由朋友轉來，我希望得到它，如同旱苗的望霖雨。但當我使這封信的每一字一句映進我的眼簾時，我不明白我處的是人間還是地獄？唉！眼前只見一片黃沙；和萬頃的怒海，寂寞和恐懼同時絞著我可憐的心。微波啊！我知道你是仁慈的，你斷不忍看著一匹柔馴的小羊，在你面前婉轉哀嘶，而你終不理它；讓它流出鮮紅的淚滴，而不肯用你仁慈的眼光向它臨視吧？然而你的來信何以那樣冷硬，你說：「從前的一切現在想來都是無聊！」唉！這是真話嗎？當然我也知道像我這樣不值什麼的人，在你的眼裡，比一個小蚊蟲還不如，那麼我的心我的淚所表現的更是什麼都不如了！不過微波你當然不致否認，在我將走入死的門限時，你曾把我拉出來過吧？那時候你不是絕不顧我的，而我也

143

十二

因此感到有生存在世界上的意義 —— 難道這一切都只是虛幻
的夢嗎？唉！縱使是夢我也希望是比較深酣的夢，你怎麼就忍
心叫我此刻就醒！微波啊！……只有這一滴血是我最後在你面
前所能貢獻的喲！

長空

這封信寫到這裡，忽然字跡變了血紅色，最後的署名長空
更是血跡斑斕，我看著也不由得心理上起一種陡然的變化，不
想再看下去了，這時沁珠恰好轉過臉來，見我那不平常的面色
便問道：

「你看的是那封有血跡的信嗎？」

「是的。」我只簡單地回答她。

「不用再看了吧，那些信只是使人不高興罷了！」沁珠懶
懶地說：「並且那已經成了過去的事實，你把那封用妃紅色紙
寫的一封看看好了 —— 那是最近的。」我聽了她的話便把那信
抽出來看：

四月八日由香港寄

親愛的波妹：

幾顆紅豆原算不了什麼珍貴的東西。但蒙你一品題便立刻
有了意義和價值。我將怎樣地感謝你呢。不過辭旨之間似乎瀰

漫了辛酸的哀音，使我欣慰中不免又感到震恐，莫非這便是我們的命嗎？不過波請你相信，我將用我絕大的勇氣和宿命奮鬥，必使黯淡變為光明，愁慘化成歡樂，否則我便把這可憎厭的生命交還上帝了。

昨夜在一家洋貨店裡買東西，看到一對雕刻精巧的象牙戒指，當然那東西在俗人看來，是絕比不上黃金綠玉的珍貴，不過我很愛它的純白，愛它的堅固，正彷彿一個質樸的隱士，想來你一定也很喜歡它，所以現在敬送給你，願它能日夜和你的手指相親呢！

我大約還有十天便可以回到北京，那時節啊──我們可以見面，可以暢談別後的一切，唉！這是多麼值得渴想的一天喲！

我看完這封信，不由得又看看我手指上的象牙戒指 ──我覺得我沒有理由可以戴這東西，因取下來說道：

「喂！這戒指絕不是一個玩意兒的東西，我還是不戴吧！」

「為什麼戴不得？你這個人真怪！難道說這便算得是我們訂婚的戒指嗎？真笑話了！你如果再這樣說，連我也不戴了。」她說著便真要從手上取下那枚戒指來，我連忙賠笑道：

「算了，算了，這又值得生什麼氣，我不過和你開開玩笑

🌸 十二

罷了。」

「好吧，你既知罪，我便饒你初犯，我們出去玩玩 ——
這幾天的天氣一直陰沉沉的，真夠人氣悶，今天好容易有了太
陽！」

「好，但是到什麼地方去呢！」我問她。

「天氣已經不早了，我們到公園兜個圈子，回頭到東安市
場吃燒羊肉，夜裡到真光看二孤女……」她說著顯出活潑的
微笑。

「咱們倒真會想法子尋快樂！」我不禁嘆息著說。

「不樂，怎麼樣？……眼淚又值得什麼？」沁珠說到這種
話時，總露著那種刺激人的苦笑。

當她把那些信和紅葉等收拾好後，我們便鎖上房門，在黯
弱的黃昏光影中去追求那剎時的狂歡。

十三

　　北方的秋天是特別的天高氣爽，當我早晨站在迴廊前面，看園子裡那些將要凋黃的樹葉時，只見葉縫中透出那纖塵不沾的晴空，我由不得發出驚喜的嘆息 —— 這時心靈解除了陰翳，身體也是輕鬆，深覺得在這樣的好天氣裡，找一個知心的朋友到郊外散散步，真是非常理想的劇景呢。終於在午飯後我乘著車子到沁珠那裡，將要走到她的住房時陡然聽見有抽搐的幽泣聲這使我嚇住了，只悄悄地怔在窗外，隔了有兩分鐘，才聽見沁珠的聲音說道：

　　「你何必那樣認真呢！」

　　「不，並不是我認真，你不曉得我的心……」話到這裡便止住了，那是個男子的聲音，似乎像是曹，但我總不便在這時候衝進去，因此我決定暫且先到別處去，等曹去後我再來，我滿心悵惘地離開了沁珠的房子，無目的地向街上走去，不知不覺已來到琉璃廠，那裡是書鋪的集中點，我邁進掃葉山房的門時，看見一部《文心雕龍》，印得很整齊，我便買了，拿著書正往前走，迎頭看見沁珠用的王媽，提著一個紙包走來：

　　「素文小姐您到哪裡去？……怎麼不去看張先生。」她含

十三

笑說。

「張先生此刻在家嗎？」我問她。

「在家。」

「一個人嗎？」

「是的，曹先生才走。」

我同王媽一面走一面談著到了寄宿舍。這時已是下午三點多鐘，寄宿舍院子裡那兩棵大榆樹，罩在金晃晃的陽光底下，幾隻雲雀兒從房頂飛過，微涼的風拂動著綠色的窗紗，我走到裡院時，看見沁珠倚著亭柱呆站著，臉色有些慘白，眼圈微微發紅。她見了我連忙迎上來說道：

「你來得正好……不然我就要到學校去找你了。」

「怎麼你今天似乎有些不高興呢？」

「唉，世界上的花樣太多了。……你不知道我們昨天又演了一齣劇景……我不相信那是真的，不去演時也有點淒酸的味兒呢？」

「那麼也僅夠玩味的了，人生的一切都有些彷彿劇景呢？」

「當然，我也明白這個道理，不過在演著時，就非常清楚地意識那只是戲，而又演得像煞有介事終不免使人有些滑稽的

感想吧！」

　　我們談論著這些空泛的哲理，倒把我所想知道的事實忽略了，直到王媽拿進一封信來說是曹派人送來的時，這才提醒我。當沁珠看完來信，我就要求她告訴我那一件她所謂劇景的事實。王媽替我們搬來了兩張籐椅，放在榆樹蔭下。沁珠開始述說：

　　「昨天下午我同曹到陶然亭去，最初他只說是邀我去看蘆花，我們到了陶然亭的時候已將近黃昏了，看秋天的陽光，彷彿是看一個精神爽快而態度灑落的少女面靨，使人感到一種超越的美，起初我們只在高高低低的土坡上徘徊著，土坡的下面便是一望無邊際的蘆田，蘆花開得正茂盛，遠處望去，那一片純白的花穗，正彷彿青松上積了一層白雪，這種景色，在灰塵瀰漫了的古城，真是不容易看到的。我們陡然遇到，當然要鼓起一種稀有的閒情逸致了，那時我正替曹織一件禦寒的絨線小衫，我低頭織著，伴著曹慢慢地前進，不知不覺來到一座建築美麗的石墳前，那地方放著幾張圓形的石凳，我同曹對面坐下，他替我拿著絨線，我依然不住手地織著，一陣寒風，吹亂我額前的短髮，髮絲遮住我的眼，我便用手攏上去，抬眼只見曹正出神地望著我。

　　「『你又在想什麼？……這裡的風景太像畫了，你看西山

149

正籠著紫色的煙霞，天蔚藍得那樣乾淨 —— 你不是說李連吉舒的一對眼像無雲的藍天嗎，我卻以為這天像她的眼……』」

「他聽了這話，似乎不大感興趣，只淡然一笑，依然出神地沉默著，我知道不久又有難題發生，想到這裡，不免有些心驚。」

「『唉，珠！的確，這裡是一個好地方，是一幅淒豔的畫景，不但到處有充塞著文人詞客的氣息，而且還埋葬了多少英魂和多少豔魄。我想，倘有那麼一天！……』曹黯然地插述著。」

「『你又在構造你的作品嗎？不然怎麼又想入非非呢！』我說。」

「『不啊，珠妹！你是冰雪聰明，難道說連我這一點心事都看不透嗎？老實告訴你，這世界我早看穿了，你瞧著吧，總有一天你要眼看我獨葬荒丘……死時候啊死時候，我只合獨葬荒丘。』這是茵夢湖上的名句。我常常喜歡念的。但這時聽見曹引用到這句話，也不由得生出一種莫名的悲感，我望著他嘆了一口氣。」

「『唉，珠妹我請求你記住我的話，等到那不幸的一天到來時，我願意就埋在這裡……那邊不是還有一塊空地麼，大約

離這裡只有兩丈遠。』他一面說一面用手指著前面那塊地方。我這時看見他兩眼充滿了淚液。」

「『怎麼，我們都還太年輕呢，哪裡就談得到身後的事！』我說。」

「『哪裡說得定……天有不測風雲，人有旦夕禍福，並且死與年輕不年輕又有多大關係，有時候收拾生命的正是年輕的自己呢！』曹依然滿面淒容地說。」

「『何苦來！』我只說得這句話，喉管不禁有些發哽了，曹更悲傷的將頭埋藏在兩手中，他在哭呢，這使我想到縱使我們演的僅僅是一幕劇景也夠人難過的了，並且我知道使他要演這幕悲涼的劇景的實在是由於不幸的我，無論如何，就是為了責任心這一點我也該想法子，改變這劇景才是。然而安慰了他又苦了我自己，這時我真不知要怎麼辦了。我只有陪著他落淚。」

「我們無言對泣著，好久好久，我才勉強地安慰他道：『生趣是在你自己的努力，世界上多少事情是出乎人們所預料的……你只要往好裡想就行了，何苦自己給自己苦酒喝。』」

「『唉！自己給自己苦酒喝，本來是太無聊，但是命運是非喝苦酒不可，也就沒辦法了！』曹說著抬起頭來，眼仍不住

向那塊空地上看。」

「這時天色已有些陰黯了，一隻孤雁，哀唳著從我們頭頂撩過，更使這淒冷的郊野，增加了蕭瑟的哀調。」

「『回去吧！』我一面說一面收拾我的絨線，曹也就站起來，我們沿著蘆塘又走了一大段路，才坐車回來，曹送我到寄宿舍，沒有多坐他就走了。」

「這時屋子裡已經很黑了，我沒有開燈，也不曾招呼王媽，獨自個悄悄地倒在床上，這一幕悲涼的劇景整像生了根，盤據在我的腦子裡。真怪，這些事簡直好像抄寫一本小說，想不到我便成這小說中的主角，誰相信這是真事。……窗櫺上沙沙地響起來，我知道天上又起了風，院子裡的老榆樹早晨已經脫了不少的葉子，這麼一來明天更要『落葉滿階無人掃』了，這麼愁人的天氣，你想我的心情怎麼好得了，真的，我深覺得解決曹的問題不是容易的，從前我原只打算用消極的方法對付他，簡直就不去兜攬他，以為這樣一來他必恨我，從此慢慢地淡下去，然後各人走各人的路不就了事嗎？誰知道事情竟如此多周折，我越想越覺得痛苦。想找你來談談，時候又已經不早，這一腔愁緒竟至無法發洩，最後只好在日記簿，發上一大篇牢騷，唉，世路多艱險，素文你看我怎麼好？！」

沁珠說到這裡，又指著那張長方形的桌子中間的罎子道：

「不信，你就看看我那篇日記，唉！哪裡是人所能忍受的煎熬！」

我聽了這話，便從屜子裡撿出她的日記簿來。一頁一頁掀過去，很久才掀到了，唉，上面是一片殷紅，像血也像紅顏色，使我不能不懷疑，我竟衝口叫出來……「沁珠！這是什麼東西……」

「素文！你真神經過敏，哪裡有什麼值得驚奇的事情！那只是一些深紅色的墨水罷了，你知道現在的局面，還值不得我流血呢！」

「那就很好，我願你永久不要到流血的局面吧！」沁珠不曾回答我話，只淒苦地一笑，依然臉朝床裡睡了。我開始看她的日記：

■ 九月十七日

這是舊曆中秋的前一日，照例是有月亮的，但是今天卻厚雲如絮，入夜大有雨意，從陶然亭回來後，我一直躺著不動。王媽還以為我不曾回來，所以一直沒有進來招呼我，我也懶得去叫她 —— 她是一個好心腸的女人，見了我這樣不高興的嘴臉，不免又要問長問短，我也有些煩 —— 尤其是在我有著悲傷煩惱的心景時，但斥責她吧，我又明知她是好意，也發

十三

作不起來，最後倒弄得我自己吃苦，將眼淚強嚥下假笑和她敷衍……所以今天她不來。正合了我的心。

但是，這院子裡除了我就是她 —— 最近同住的徐先生不知為了什麼也搬走了 —— 她不來招呼我，就再沒有第二個人來理會我。四境是這樣寂靜，這樣破爛，真是「三間東倒西歪屋」 —— 有時靜得連鬼在暗陬裡呼吸的聲音似乎都聽見了。我 —— 一個滿心都是創傷的少女，無日無夜地在這種又靜寂又破爛的環境裡煎熬著。

最近我學會了吸菸，沒有辦法時，我就拿這東西來消遣，當然比酒好，絕不會愁上加愁，只是我吸菸的程度太差，僅僅一根煙我已經受不了，頭髮昏，喉頭也有些辣，沒辦法把煙丟了，心更陷入悲境，尤其想到昨天和曹在陶然亭玩的那套把戲，使人覺得不是什麼吉兆。

曹我相信他現在是真心愛我。追求我 —— 這許是人類占有欲的衝動吧？ —— 我總不相信他就能為了愛而死，真的，我是不相信有這樣的可能 —— 但是天知道，我的心是鎖在矛盾的圈子裡 —— 有時也覺得怕，不用說一個人因為我而死，就是看了他那樣的悲泣也夠使我感到顫慄了，一個成人 —— 尤其是男人，他應當是比較理智的，而有時竟哭得眼睛紅腫了，臉色慘白了，這情形怎能說不嚴重？我每逢碰到這種情形

時，我幾乎忘了自我，簡直是被他軟化了；催眠了！在這種的催眠狀態中，我是換了一個人，我對他特別地溫柔，無論什麼樣的請求，我都不忍拒絕他。啊，這又多麼慘！催眠術只能維持到暫時的沉迷。等到催眠術解除時，我便毅然決然否認一切。當然，這比當初就不承認他的請求，所給的刺激還有幾倍的使他難堪。但是，我是無法啊！可憐！我這種委屈的心情，不只沒有人同情我，給我一些安慰。他們 —— 那些專喜謗責人的君子們，說我是個妖女，專門玩手段，把男子們拖到井邊，而她自己卻逃走了。唉！這是多麼不情的批評，我何嘗居心這樣狠毒！ —— 並且老實說就是戲弄他們，我又得到些什麼？

「平日很喜歡小說中的人物，所以把自己努力弄成那種模型。」這是素文批評我的話。當然不能絕對說她的話無因，不過也是我的運命將我推擠到這一步：一個青春正盛的少女，誰不想過些旖旎風光的生活，像小萍 —— 她是我小時的同學。不但人長得聰明漂亮，她的運命也實在好 —— 她嫁了一個理想的丈夫，度著甜蜜的的生活。前天她給我信，那種幸福的氣味，充滿了字裡行間 —— 唉！我豈是天生的不願享福的人。而我偏偏把自己鎖在哀愁煩苦的王國裡，這不是運命嗎？記到這裡我由不得想到伍念秋，他真是官僚式的戀愛者。可惜這

十三

情形我了解得太遲！假使我早些明白，我的心就不至為他所傷損 —— 像他那樣的人才真是拿女子耍耍玩的。可恨天獨給他那種容易得女子歡心的容貌和言辭。我 —— 幼小的我，就被他囚禁永生了。所以我的變成小說中模型的人物，實在是他的……唉！我不知說什麼好，也許不是太過分，我可以說這是他的罪孽吧！但同時我也得感謝他。因為不受這一次的教訓，我依然是個不懂世故的少女。看了曹那樣熱烈追求，很難說我終能把持得住。由伍那裡我學得人類的自私，因此我不輕易把這顆已經受過巨創的心，給了任何一人。尤其是有了妻子的男子。這種男子對於愛更難靠得住。他們是騎著馬找馬的。如果找到比原來的那一個好，他就不妨拚命地追逐。如果實在追逐不到時，他們竟可以厚著臉皮仍舊回到他妻子的面前去。最可恨，他們是拿女子當一件貨物。將女子比作一盞燈，竟公然宣言說有了電燈就不要洋油燈了 —— 究竟女子也應當有她的人格。她們究竟不是一盞燈一匹馬之類啊！

現在曹對我這樣忠誠，安知不也是騎著馬找馬的勾當？我不理睬他，最後他還是可以回到他妻子那裡去的。所以在昨夜給曹的信裡，我也曾提到這一層，希望就這樣放手吧！

今夜心情異常興奮，不知不覺竟寫了這麼一大篇。我自己把它看了一遍，真像煞一篇小說。唉！人事變化，預想將

來白髮滿了雙鬢時，再拿起這些東西來看，不知又將作何感想？——總而言之，沁珠是太不幸了！

這篇日記真不短，寫得也很深切，我看過之後，心裡發生出一種莫名其妙的悵惘。

王媽進來喊我們吃飯，沁珠還睡著不曾起來，我走到床前，撼動了半天她才回過頭來，但是兩隻眼已經哭紅了。

「吃飯吧，你既然對於他們那些人想得很透徹，為什麼自己又傷心？……其實這種事情譬如是看一齣戲，用不著太認真！」

「我並不是認真，不過為了這些不相干的糾纏，不免心煩罷了！」

「煩他作什麼？給他個不理好了！」

沁珠沒有再說什麼，懶懶地下了床，跟我到外面屋子裡吃飯，吃飯時我故意說些笑話，逗她開心，但她也只用茶泡了半碗飯草草吃了完事——那夜我十點鐘才回學校去。

十三

十四

　　下午我在學校的迴廊上，看新買來的綠頭鸚鵡 —— 這是一隻很怪的鳥，它居然能模仿人言，當我同幾個同學敲著它的籠子邊緣時，它忽然宛轉地說道：「你是誰？」歇了歇它又說道：「客來了，倒茶呀！」惹得許多同學都圍攏來看它，大家驚奇地笑著，正在這時候，我忽聽見身背後有人呼喚的聲音，忙轉身過去，只見沁珠含笑站在綠屏門旁，我從人叢中擠出去，走到沁珠面前，看她手裡拿著一個報紙包，上身著一件白色翻領新式的操衣，下面繫一條藏青色的短裙。

　　「從哪裡來？」

　　「從學校裡來……我今天下課後就想來看你，當我正走到門口的時候，看門的老胡遞給我一封快信，我又折回教員預備室去，看完信才來，所以晚了……你猜猜是誰的信？」

　　「誰的信？……曹還在北京不是嗎？」

　　「你的消息太不靈了，曹走了快一個星期，你怎麼還不知道？」

　　「哦，這幾天我正忙著作論文，沒有出學校一步，同時

十四

也不曾見到你，我自然不知道了。……但是曹到什麼地方去了？」

「他回山城去了。」

「回山城嗎？他七八年不曾回去，現在怎麼忽然想著回去呢？」

「他嗎，他回去同他太太離婚去了。」

「啊，到底是要走這一條路嗎？！」

「可不是嗎？但是，離婚又怎麼樣？……我……」

「你打算怎麼辦呢？」

沁珠這時臉上露著冷淡的微笑，眼光是那樣銳利得如同一把利刃，我看了這種表情，由不得心怦怦地跳起來，至於為什麼使我這樣恐慌，那真是見鬼，連我自己也說不出所以然來。過了些時，沁珠才說道：「我覺得他的離婚，只是使我更決心去保持我們那種冰雪友誼了。」

「冰雪友誼，多漂亮的字句啊，你莫非因為這幾個字眼的冷豔，寧願犧牲了幸福嗎？」

「不，我覺得為了我而破壞人家的姻緣，我太是罪人了。所以我還是抱定了愛而獨身的主義。」

「當然你也有你的見解……曹回來了嗎？他們離婚的經過

怎麼樣？」

「他還不曾回來，不過他有一封長信寄給我，那裡面描述他和妻離婚的經過，很像一篇小說，或是一出悲劇。你可以拿去看看。」她說著，便從紙包中取出一封份量不輕的信件給我。

那封信上寫的是：

沁珠我敬愛的朋友：

「神龕不曾打掃乾淨，如何能希冀神的降臨？」不錯，這全是我的糊塗，先時怎麼就沒有想到呢？多謝你給了我這個啟示。現在神龕已經打掃乾淨了，我用我一顆赤誠的心，來迎接我所最崇敬的神明。來，請快些降臨！我已經為追求這位神明；跋涉過人間最艱苦的程途。現在勝利已得了，愛神正歌舞著慶祝，讚嘆這人間最大的努力所得來最大的光榮。……唉！這一頂金玉燦爛的王冕，我想不到終會戴到我的頭上。但是回想到這一段努力的經過，也有些淒酸，現在讓我如實地描述給你聽：

你知道我是七八年不曾回家了。當我下了車子走近我家那兩扇黑漆的大門前時，門上一對金晃晃的銅環著太陽發出萬道金光，我不敢就用手去叩那個門環，我在門外來往地徘徊著。兩棵大槐樹較我離家的時候長大了一倍，密密層層的枝葉遮住

✿ 十四

初夏的驕陽，蔭影下正飄過陣陣的微風，槐花香是那樣的醉
人。然而我的心呢，卻充滿著深深的悲感，想不到飄泊天涯的
遊子，今天居然能回到這山環水繞的家鄉，看見這兒時的遊憩
之所，這是怎樣的奇蹟啊！……但是久別的雙親，現在不知鬢
邊又添了幾許白髮？臉上又刻劃了幾道勞苦的深痕？……至於
妻呢，我離她去時，正是所謂「綠鬢堆鴉，紅顏如花。」現在
不知道流年給她些什麼禮物！並且我還知道我走後的八個月，
她生了一個女兒，算來也有七八歲了；而她還不曾見過她的父
親。……唉！這一切的事情擾亂了我的心曲。使我倚著槐樹怔
怔地沉思，我總是怯生生不敢把門上的環兒敲響，不知經過幾
次的努力，我才挪動我的腳步，走到大門前用力的把門環敲了
幾下，在噹噹的響聲中，夾著黃犬狂吠的聲音；和人們的腳步
聲，不久大門就打開了。在那裡站著一個六十多歲的老頭兒，
他見了我把我仔細地看了又看，我也一樣的出神地望著他。似
乎有些面熟，但終想不起是哪一個。後來還是那老頭兒說道：

「你是大少爺吧！」

「是的。」我說：「但你是哪一個呢？」

「我是曹升啊，大少爺出去這幾年竟不認得了嗎？」

「哦，曹升呀，你老得多了！……老爺太太都鍵旺嗎？」

「都很好，少爺快進去吧，可憐兩位老人家常常唸著少爺呢！」

我聽了這話心裡禁不住一酸，默然跟著曹升到上房見過久別的父親和母親。唉！這兩位老人都已是兩鬢如霜了，只是精神還好，不然使我這不孝的遊子，更不知置身何地了。父母對這遠道歸來的兒子，露著非常驚喜的面容，但同時也有些悵惘！

同父母談了些家常，母親便說：「你乏了。回屋去歇歇。再說，你的妻子，她也夠可憐了，你們結婚七八年，恐怕她還沒記清你的像貌吧，你多少也安慰安慰她！」我聽了這話，心裡陡然覺得有些難過，我們雖是七八年的夫妻，實際上相聚的時候最多不過四個月，而且這四個月中，我整整病了三個多月呢？總而言之，這是舊式婚姻造下的罪孽呀！

從母親房裡出來，看見院子裡站著一個七八歲的小女孩，圓圓的面孔，一雙黑漆的眼睛，含著驚奇的神氣向我望著，只聽母親喊道：「娟兒，爸爸回來了，還不過來看看！」「爸……爸……」女孩兒含羞地喊了一聲，我被她這無瑕的聲音打動了心弦，彷彿才從夢裡醒來，不禁又喜又悲，走近去握住她的小手，我的眼淚幾乎滴了下來。

我拉著娟兒的手一同走到我自己住的院子裡，只見由上房

走出一個容顏憔悴的少婦，她手裡正抱著一包裁剪的衣服；她抬頭看見我，最初像受了一驚，但立刻她似乎已認出是我。同時娟兒又叫道：「媽媽，爸爸回來了！」她聽了這話反低了頭，一種幽怨的情懷，都在默默不語中表示出來。我竟不知對她說什麼好！

晚上家裡備了團圓宴，在席間，父母和我談到我出外七八年家裡種種的變故，這其間最使我傷心的是小弟弟的死，母親幾乎放聲哭了出來。大家都是酸楚著把飯吃完。妻呢，她始終都只是靜默著。當然我有些對她不起，不過我也是這些不情壓迫下的犧牲者呢！

深夜我回到自己房裡，見一切陳設仍是她嫁時的東西，只不過顏色陳舊了些。她見我進來，從椅子上站了起來，淡然地說道：「要洗臉嗎？」

「不，我已經在外面洗過了。」

她不再說什麼，仍舊日默然坐在椅子上。

「怎麼樣？……你這幾年過得好嗎？」我這樣問她，她還是不說什麼，只含著一包眼淚，懶懶地向我望了一下。

「我們的婚姻原不是幸福的，因為我的生活，不安定，飄泊，而你又不是能跟我相共的人，最後，只是耽誤了你的青

春。所以我想為彼此幸福計，還是離婚的好……你以為怎麼樣？」我這個問題提出後，我本想著有一場重大變化，但事實呢，真出我之所料。最初她默默地聽著，不憤怒不驚奇，停了些時，她才嘆了一口氣道：「唉！離婚，我早已料到有這麼一天！」她說到這一句上，眼淚還是禁不住滴了下來。

「你既是早已料到，那就更好了。那麼你同意不呢？」

「我自己命苦，碰到這樣的事情，叫我有什麼話說，你要怎麼辦便怎麼辦好了，何必問我呢？」

「唉，你又何必這樣說。現在的世界，婚姻重自由，倘使兩方都認為不幸福，盡可以提出離婚，各人再去找各的路，這是很正當的事情，又有什麼命苦不命苦？」

「自然，我是不懂得那些大道理的，只是一個女人既已嫁了丈夫，就打算跟他一生，現在我們離婚，被鄉里親戚知道了，不知他們要怎樣議論譏笑了！」

「唉！他們都是舊禮教的俘虜，頭腦太舊了，這種人的意見也值得尊重嗎？他們也配議論和譏笑我們嗎？……」

「唉！」她不再說什麼，只黯然長嘆著。

後來我提出離婚具體的辦法，我自動的把我項下應得的田產給她五十畝，作為她養贍之資，她似乎還滿意，後來提到娟

165

兒，她想帶走，但父母都不肯，我也不願意，因為她是一個頭
腦簡單的女人，對於孩子的教育是不夠資格的 —— 這一件事
使她很傷心，她整整哭了一天一夜，最後她雖勉強同意了，但
她回娘家時，很痛切地怨恨著我，連最後的一眼都不肯看我，
這一剎那間，我沒有理由地滴下淚來，不知是憐憫還是自愧！

　　我怔怔地看她上車，娟兒早被母親帶出去看親戚去了。當
她的車子的影子被垂楊遮住時，我才惘惘地走了回來，但是我
陡然想到從此後你我間阻礙隔膜完全肅清，我被愧恨籠罩的
心，立刻恢復到光明活潑的境地⋯⋯是的，我在人間是為「自
我」而努力的，我所企求的只是我敬愛的人的一顆心，現在我
得到了，還有什麼不滿，還有什麼遺憾啊！珠妹，我不是屢次
對你宣誓過嗎？我不是說「你的所願，我將赴湯蹈火以求之；
你的所不願，我將赴湯蹈火以阻之」嗎？現在我再鄭重向你這
樣宣誓⋯⋯

　　這件事情既已有了解決，我還在家作什麼，我恨不得飛到
你的面前，投向你溫暖的懷抱中求最後的歸宿。親愛的人，願
上帝時時加福於你！⋯⋯

　　我把這封信看後仍交還沁珠，同時我對她說：「沁珠，難
得曹這樣誠心誠意地愛你，你就不要固執了吧！」

　　「我並不是固執，根本我就沒有想到嫁給他。」

「那你為什麼叫他把神龕打掃乾淨？現在他照你的意思作了，你卻給他這樣一個打擊。小心點，不要玩掉他的性命！」

「放心吧，世界上哪有這樣的愚人……而且他還有偉大的事業牽繫著呢！」

「唉！老實說，我就不能放心，我勸你不要看得太樂觀……」

「但有你太替別人想得周到，就忘了自己，你想一個女孩子，她所以值得人們追求崇拜的，正因是一個女孩子。假使嫁了人，就不啻一顆隕了的星，無光無熱，誰還要理她呢？所以我真不想嫁呢！」

「那麼你就不該沾花惹柳的去害人。」

「那是你太想不透，其實對於他們這些男人，高興時，不妨和他們玩玩笑笑，不高興時就吹，誰情願把自己打入愛的囚牢。

「唉！你真有點尤三姐的態度！……」

「你總算聰明。《紅樓夢》上那些女孩，我最愛尤三姐！」

「就是尤三姐，她也還想嫁個柳湘蓮，但你呢？……」

「我呀，倘使有柳湘蓮那麼個人，我也許就嫁了。現在呢，柳湘蓮已經不知去向了。而且也已經有了主，所以我今生

再不想嫁了。」

「你也太自找苦吃，我知道你所說的柳湘蓮就是伍念秋。哼，不怕你生氣，那小子簡直是個現世活寶貝，你也值得為他那樣犧牲。」

她聽了，神色有些改變，我知道她久已沉眠於心底的舊情，又被吹醒了。她黯然地嘆道：「『曾經滄海難為水，除卻巫山不是雲。』」

我看了這種情形，莫名其妙地痛恨伍念秋的殘酷，好好一個少女的心，被她損壞了。同時又為曹抱不平，我問道：

「那麼你決心讓曹碰一個大釘子了？」

「大約免不了吧！」

「唉，你有時真是鐵石心腸呢！」

我們談到這裡，沁珠臉上露著慘笑。我真猜不透她竟能這樣忍心！我為曹設身處地地想，真感到滿心的怨憤，我預料這幕劇開演之後，一定免不了如暴風雨般的變化。我這裡正愁思著不得解決，而沁珠卻如無其事般，跑到迴廊下逗著鸚鵡說笑，後來我真忍不住了，把她拖到後花園去，我含怒地問她道：「沁珠，我們算得是好朋友吧？」

「當然，我們簡直是唯一的好朋友！」

「那麼你相信我待你的心是極誠摯的嗎？」

「為什麼不信。」

「既然是相信得過的好朋友，你就應當接受我的忠告，你對於曹真不該玩這種辣手段！他平日待你也就至誠得很，現在為了你特地跑回去離婚，而最後他所得於你的，只是失望，甚至是絕望！這怎麼對得住人！」

「這個我也明白……好吧！等我們見了面再從長計議好了。他大約明天可以到，我們明天一同去看他……」

「也好，我總希望你不要太矯情。」

「是了，小姐放心吧！」

不久她就回寄宿舍去，我望著她玲瓏的背影，曾默默地為她祝福，願上帝給他倆一個圓滿的結果。

十四

十五

「曹今天回來了，他方才打電話邀我們到他住的公寓去，你現在就陪我走一趟吧！」當我從課堂出來，遇見沁珠正在外面迴廊等我，她對我這樣說了。

「我可以陪你去，只是還有一點鐘《十三經》我想聽講……」

「算了，曹急得很呢，你就犧牲這一課怎麼樣？」

我看見她那樣心急，不好不答應她，到註冊課請了假，同她僱車去看曹。

曹住在東城，車子走了半點多鐘才到，方走到門口，正遇見曹送一個三十多歲的人出來，他見了我們，非常高興地笑著請我們裡面坐。我故意走到前面去，讓沁珠同他跟在後面，但是沁珠似乎已看出我的用心來，她連忙追了上來。推開門，我們一同到了屋裡。

「密斯特曹今天什麼時候到的？」我問。

「上午十點鐘。」他說。

「怎麼樣，路上還安靜嗎？」

171

「是的，很安靜！」

我們寒暄後，我就從他書架上抽出一本最近出版的《東方雜誌》來看，好讓他倆暢快地談話，但是沁珠依然是沉默著。

「你似乎瘦了些……這一向都好嗎？」曹問沁珠。

「很好，你呢？」

「你看我怎麼樣？」

「我覺得你的精神比從前好些。」

「這是實在的，我自己也覺得是好些。……我給你的一封長信收到了嗎？」

「前天就收到了。……不過我心裡很抱愧，我竟成了你們家庭的罪人了！」

「唉！你為什麼說出這樣的話來？……」

「你自己逼我如此啊！……我覺得我們應當永久保持冰雪友誼，我不願意因為一個不幸的沁珠而破壞了你們的家庭……唉！我是萬不能承受你這顆不應給我而偏給我的心！」

沁珠這時的態度真是出人意外的冷淡，曹本來一腔的高興，陡然被她澆了這一瓢冷水，面色立時罩上一層失望痛苦的陰影，他無言地怔在窗旁，兩眼默注著地上的磚塊，這使我不能不放下手裡的雜誌，但是我又有什麼辦法？沁珠的脾氣我是

知道，在她認為解脫的時候，無論誰都挽回不來，並且你若勸她，她便更固執到底，這使得我不敢多話，只有看著失望的曹低聲嘆氣。

這時屋子裡真像死般的沉寂，後來曹在極度靜默以後忽然像是覺悟到什麼，他若無其事般地振作起來，他跟我們談天氣，談廣州的水果，這一來屋子的空氣全變了，沁珠似驚似悔地看著他這種出人意外的變態，而他呢只裝作不理會。七點鐘的時候，他邀我們到東安市場去吃飯。

在雨花臺的一間小屋子裡，我們三個人痛快地喝著花雕，但曹還像不過癮，他喊鋪夥拿了一壺白乾來，沁珠把壺搶了過來：

「唉！你忘了你的病嗎？醫生不是說酒喝不得嗎？」

「醫生他不懂得，我喝了這酒心裡就快活了。」曹慘笑著說。

沁珠面色變成灰白，兩眼含淚的看著曹，後來狂呼道：

「唉！要喝大家痛快地喝吧……生命又算得什麼！」她把白乾滿滿地斟了一杯，一仰頭全灌下去了，曹起初只怔怔向她望著，直到她把一杯白乾吞下去，他才站了起來，走到沁珠面前說道：

「珠！原諒我，我知道我又使你傷心了……請你不要難過，我一定聽你的話不喝酒好了。」

沁珠兩淚漣漣地流著，雙手冰冷，我看了這種情形，知道她的感觸太深，如果再延長下去，不知還要發生什麼可怕的變化，因此我一面安慰曹，一面哄沁珠回寄宿舍去。曹極力壓下他的悲痛，他假作高興把沁珠送回去，夜深時我們才一同離開寄宿舍，當我們在門口將要分手的一剎那，我看見曹兩眼洋溢著淚光。

第二天的下午我去看沁珠。她似乎有些病，沒到學校去上課，我知道她病的原因，不忍再去刺激她。所以把昨天的事一字不提，只哄她到外面散散心。總算我的設計成功，我們在北海裡玩得很起勁。她努力地划船，在身體不停地受著刺激時，她居然忘了精神上的苦痛。

三天了，我不去看沁珠。因為我正忙著開同鄉會的事務，下午我正在櫛沐室洗臉，預備出門時，接到沁珠的電話。她說：「我到底又惹下了災殃，曹病了——吐血，據說很厲害。今天他已搬到德國醫院去了。上午我去看過他，神色太憔悴了，唉！怎麼辦？……」我聽了這話，只怔在電話機旁，真的，我不知道怎麼辦好！……後來我想還是到她那裡再想辦法吧！

掛上電話機，我就急急忙忙雇了車到寄宿舍去，才進門，沁珠已迎在門口，她的神色很張惶。我明白她的心正絞著複雜的情緒。

　　我到她那裡已經五點鐘了，她說：「我簡直一刻都安定不了。你陪我再到德國醫院看看曹去吧！」我當然不能拒絕她，雖明知去了只增加彼此的苦惱，但不去也依然是苦惱，也許在他們見面後轉變了局面也說不定。

　　我們走過醫院的迴廊，推開那扇白漆的房門，曹憔悴無神的面龐已射進我的眼裡來，他見了我們微微地點了點頭，用著顫抖而微細的聲音向沁珠說：「多謝你們來看我！」

　　「你現在覺得怎樣？」我問他。

　　「很好！」他忽然喘起來，一陣緊咳之後又噴出幾口血來，我同沁珠都嚇得向後退。沁珠緊緊地握著我的臂膊，她在發抖，她在抽搐地幽泣。後來她竟制不住自己的感情，伏在曹的胸前流淚。而曹深陷的眼中也湧出淚來，他緊嚙著下唇，握住沁珠的手抖顫，久久他才說：「珠！什麼時候你的淚才流完呢？」沁珠聽了這話更加哭得抬不起頭來，曹掉過頭去似乎不忍看她，只把頭部藏在白色的軟枕下，後來我怕曹病體受不住這樣的刺激，便向沁珠說：

十五

「時候已經很晚了，我們回去，明天再來吧！」

「對了，你們請回去吧！我很好。」曹也這樣催我們走。

沁珠拭著眼淚跟我出了德國醫院的鐵欄門，她惘惘地站在夜影中只是啜泣，我拉著在東交民巷的馬路上來回的散步。

「唉！我將怎麼辦？」沁珠哽咽著說。

「我早警告過你，這情形是要趨於嚴重的，而你卻那樣看得若無其事般……現在是不是應了我的話……據我想，你還是犧牲了成見吧！」

「唉！……」沁珠低嘆著道：「那麼我明天就應當去講和了！……」

「你的意思是不是已肯允許他的請求。」

「是的……只有這個辦法呀！」

「你今晚回去好好地休息一夜，明早你就去把這個消息報給曹……他的病大約可以好了一半，至少他的心病是完全好了！」

「唉，世界上竟有這樣神祕的事情？」

「不錯，愛情只是個神祕的把戲！」

我們在平坦的馬路上徘徊了很久，娟媚的月光，臨照在樹上身上，使我們覺得夜涼難耐，只好回去。

第三天下午我到醫院去看曹，走進門時，我看見他靠在床上看書，精神比前兩天大不同。我知道他一定已經從沁珠那裡得到了最後的勝利，我說：

　　「密司特曹，我向你賀喜！」

　　「是的，你真應賀喜我將要恢復的健康……還有……」

　　「我知道還有……我虔誠為你們祝福，願你們偉大的愛完成在你們未來的新生活裡！」

　　曹聽了這一篇頌辭，他欠起身，兩手當胸的向我鞠躬道謝。正在這時候，房門開了，只見是沁珠手裡拿著一束白玫瑰，笑容滿面地走了進來：

　　「怎麼樣……醫生看過說什麼沒有？」同時她又回過頭來向我說道：「你從學校裡來嗎？」

　　「醫生說我很有進步，再養息一兩個星期就可以復原了。」曹含笑說。

　　「那麼好，我為你們預備一份賀禮，等你出院那一天我再請你們一同去看電影……」

　　「多謝你！」曹十分高興，當說這話時，他的眼光不住向沁珠投射，沁珠低了頭，含羞地弄著手錶上的撥針。這一天我們三人都十分興高采烈地玩了一下午……我為他們懸掛的一顆

心現在才重新放在腔子裡了。

　　從那一次醫院裡別了曹和沁珠後，我又去看過曹兩次，他確是好了。已有出院的日期，這個更使我放心，我知道他們現在已經很接近了，所以不願意再去攪亂他們，這些時候我只常同文瀾到中央公園去打地球；一天下午，我打完地球回學校，心神很爽快，打算到圖書館找一兩本好小說看看。到了圖書館恰巧管理員已經走了，我只得把掛在壁上的日報，拿下一份來看，無意中在文藝欄裡，看到一篇叫做《棄書》的作品，那是男女兩方唱和的情書，這自然是富有引誘性的，我便從頭讀下去，啊！奇怪這筆調很像沁珠和伍念秋的，我再細讀裡面的事實，更是他們的無疑。真怪，為什麼在這個時候沁珠去發表這種東西，我懷疑得很，連忙去打電話給沁珠喊她立刻到學校來。

　　半點鐘後，沁珠來了。她的面色很潤澤，光彩，我知道她這時心裡絕無雲翳，我把報上的情書遞給她看，我暗地裡留意她的面容，只見她淡紅的雙頰漸漸失去顏色，白色的牙齒緊咬著口唇，眼眶裡充滿了眼淚，她的目光由報上慢慢移到窗外的天上，久久她只是默著。

　　「誰把你們的信拿來發表！」我禁不住問沁珠。

　　「誰？……唉！除了伍念秋，還有誰！」

「這個人真太豈有此理，他自己既不能接受你的愛，現在為什麼要這樣作……顯而易見他是在吃你們的醋，這小子我非質問他不可。」我說完等不得徵求沁珠的同意，我便打電話去，找伍念秋，邀他到中央公園水榭談話。沁珠似乎還有些躊躇，經我再三催促後，她才跟我到公園去。

伍念秋已在水榭等我們，見面時他的態度很鎮靜，彷彿心裡沒有一些愧作，「這傢伙真夠辣的」我低聲對自己說。他請我們坐下，殷勤地招待我們喝茶吃糖果，並且說道：

「想不到我們今天又在這裡聚會！」

「密司特伍近來很努力寫文章吧？……」我說。

「哪裡的話……我差不多有一年不寫稿子了。」

「那又何必客氣呢，密司特伍……今天我才在報上讀到大作呀！」

「哦，你說的是《棄書》嗎？……」

「是呀……但我不明白伍先生怎麼高興把這種東西來發表。」我說時真有些憤慨。沁珠默默不言地望著我們，我知道她心裡正有不同的兩念交戰著。伍當然比我更看得明白些，所以他被我質問後，不但毫無慌張的樣子，而且故意作出多情的，悲涼的面孔，嘆息道：

🌸 十五

「其實呢，我無時無刻不祝禱沁珠前途的幸福，我聽見她和密司特曹將要訂婚的消息，真是非常高興的，不過……唉，只有天知道，我這顆曲折的心，我愛沁珠已經根深蒂固，雖然因為事實的阻礙，到如今我們還只是一個朋友，而沁珠的印象是深深的占據了我整個的心，所以她一天不結婚，她在我心裡一天，她若結了婚呢，我的心便立刻空虛了！因此我得到他們的好消息時，我本應當歡喜，而我啊！唉，回念前情，感懷萬端，只得把從前的書信拿來看了又看，最後使我決定在報上發表，作我們友情埋葬的紀念，這真是情不由己，並沒有別的含義……」

「這是怎樣一個自私自利的動物，他自己有妻有子，很可以撒開手，卻偏偏惺惺作態，想要再攫取一個無瑕少女的心啊，多殘忍呀！……」我這樣想著，真恨不得怒罵他。然而沁珠伏在桌上嗚咽地痛哭，可憐的沁珠，她真搗碎了我的心。伍呢，他在屋子裡來往地打磨旋。看情形我們的質問是完全失敗了，我恐怕沁珠受了這個打擊，對於曹的事又要發生變化，因連忙催她回去了。

唉，這是將要使人怎樣慌亂的消息啊，可憐搬出醫院不到十天的曹昨夜又得了重病，血管破裂噴吐滿滿一臉盆的血，唉，這是培養著人們一顆心的血，現在絞出這許多……我想著真不禁全身打戰，當我站在他的病床前時，我真好像被浸在冰水裡。

180

沁珠臉色灰白，瞪注著那一盆鮮紅的血，她抖戰著，渾身流著冷汗，她似乎已受到良心的譏責，她不顧一切地跪在他病榻前說道：

　　「朋友！你假如僅僅是承受我這顆心時，現在我當著神明虔誠地貢獻給你，我願你永久用鮮血滋養它；灌溉它：朋友！你真的愛我時，我知道你定能完成我的主義，從此後我為了愛獨身，你也為了愛獨身。」

　　他抬起疲軟的頭用力地說：「珠！我原諒你，至死我也能了解你，但是珠，一顆心的頒賜，不是病和死可以換來的，我也不肯用病和死，換你那顆本不願給我的心，我現在並不希望得到你的憐憫和同情，我只讓你知道，世界上我是最敬愛你的。我自己呢，也曾愛過一個值得我敬愛的你。這就夠了！……」

　　沁珠聽了這話更哭得哽咽難言，我站在旁邊，也只有陪這一對被命運宰割的人兒流淚。後來曹伸出那枯白瘦弱的手指著雁子道：「珠！真的我忘記告訴你了，那些信件，你把它們帶回去吧，省得你再來撿收。」

　　沁珠仍然只有哭。唉，這屋子裡的空氣太悲慘了。我真想離開那裡，但又不忍心拋下這一對可憐人。

十五

幸好，沁珠學校裡來請她去開緊急會議。沁珠走後，我又極力地安慰了曹，但他的神色總有些不對，我沒有辦法，只有默默為他禱祝。

第二天曹就搬到協和醫院去，經過醫生的診察，只說是因他受的刺激太深，只要好好地將息，不至有性命之憂，我們都放了心。

這兩天正遇著沁珠學校裡有些風潮，沁珠忙著應付，竟有兩天不曾去看曹，我也因為感冒沒有單獨去看他，心想他的病既然沒有大危險，休養休養自然會慢慢好起來的，也就不把這件事放在心裡。

又過了一天，我正在上課，校役進來向我低聲說：「有人在找你。」

我莫名其妙地離開了講堂，他又說道：

「有一位袁先生來找你，我告訴他你在上課，他說有要緊的事情，非立刻見你不可。」

我的心不期然地有些怦怦地跳起來，急忙走到會客室裡，只見袁先生站在那裡，氣色敗壞地說道：「這真想不到曹已經完了！」

「什麼？」我的耳朵似乎被一聲霹靂轟擊著，幾乎失去了

知覺，但在我神志略定時，我意識到袁所帶來的消息。「你是說曹⋯⋯已經死了嗎？」

「是的，昨天晚上死的！」

「怎麼死的？」我似乎不相信他的病可以使他這樣快地死去。果然不出我所料，袁說：「連醫生也不明白他究竟吃了什麼東西死的，唉！太悲慘了！」

「沁珠知道了沒有？」我問。

「還不曾去通知她⋯⋯唉，這樣的消息，怎好使她驟然聽到，所以我來，找你想個辦法。」

「我也深明白這件事情有點棘手。這樣吧，我到學校去找沁珠，讓她到你家裡，慢慢再告訴她，你姐姐們在跟前，比較有個幫手。」

「好，那我先回去，你立刻就去找她吧！」

我們一同出學校分路進行，我坐著車子跑到沁珠的學校裡，這一顆鎮不住的心更跳得厲害。當我推開教員預備室的門時，看見沁珠正在替學生改課卷，她抬頭看見我進來，很驚奇地望著我說：「你怎麼有工夫到這裡來。」同時她面上露著驚慌和猜疑的表情。

「你跟我到小袁那裡去，他姐姐找你。」

十五

「什麼事情。」她急切地問我。

「你去好了，去了自然知道。」這時學校已經是吃飯的時候，廚子開進飯來，她還讓我吃飯。我恨極了，催促她快走，真奇怪，我不明白她那時怎麼反倒那樣鎮靜起來。她被我催得急，似乎有些預料到那將要知道的惡消息 —— 正是一個大痛苦的實現。我們的車子走到西長安街時，她回過頭來問我：「你對我說實話，是不是曹死了？」我知道她緊張的心逼她問出這一句最不敢問而不得不問的話來，她是多麼希望我給她一個否定的回答，但是我怎忍說「不是」，讓她再織些無益的希望的網以增重她後來陡然得到的打擊呢，但我也不忍就說「是的」。我只好把頭埋藏在圍巾裡，裝作不曾聽見。這時北風正迎面吹來，夾著一陣陣的黃沙，我看她直挺挺地斜在車子上，我真不知道怎麼辦好，幸喜再走幾步就到小袁的家裡了，我急忙下車把她扶下車，正要去敲門時，小袁同他的姐姐已迎了出來，袁姐見了沁珠連忙把哭紅的眼揩了又揩，她牽住她的手叫了一聲「珠妹」，沁珠聽了這個聲音，更料到曹是死了，她淒切地喊了一聲「姐姐」，便暈倒了。這一來把我們全嚇得慌了手腳，連忙把她放到床上，圍著喊叫了半天，她才慢慢醒來，睜開眼向屋裡的人怔望了一陣。意識漸漸恢復了，「唉，長空！」她叫了一聲便放聲痛哭，我們都腸斷心碎地陪著她哀

泣，後來又來了幾個曹的朋友，他們說是下午就要去醫院看曹入殮，五六點鐘時須要把棺材送到廟裡去，現在就應當動身前去，我們聽了這話，勸沁珠洗過臉，一同到協和醫院去。走進醫院的接待室時，沁珠像是失了神。她不哭，只瞪視著預王府的雕梁花棟發呆，後來把曹的衣服全穿好了，我們才來招呼她進去，她只點點頭，無聲地跟著我們走，忽然她站住對我說：

「你先帶我到他住的房子裡看一看。」

我知道這是阻擋不來，只好同她去，她走進屋子，向那張空病榻望瞭望，便到放東西的小桌面前去，她打開抽屜，看見裡面放著兩束信 —— 是她平日寫給曹的，上面用一根大紅的領帶束著，另外還有一封曹寫給她而還不曾付郵的信，她忙抽出來看，只見上面寫著：

珠，我已決定再不麻煩你了。你的生命原是燦爛的，我祝福你從此好好努力你的前途，珍重你的玉體，我現在無怨無恨，我的心是永遠不再興波浪的海，別了，珠妹。

長空

在這封信外還有一張四寸照片，照片的後面題著兩句道：「我的生命如火花的光明，如彗星之迅速。」沁珠看見這兩件遺物，她一言不發地奔到曹死時睡過的床上放聲痛哭，她全身抽

185

搐著，我真不忍看下去，極力地勸解她，叫她鎮靜點，還要去看曹的屍體。她勉強壓下悲哀用力地握住我的手，跟我出去，臨出門時，她又回頭去望著那屋子流淚，當然這塊地方是她碎心埋情的所在，她要仔細地看過。

這時曹已經殮好，但還不曾下棺。我們走到停放屍首的冰室裡，推開門一股冷氣撲到臉上來，我們都不禁打了一個寒戰。一塊白色的木板上，放著曹已僵冷的屍體。沁珠一見便要撲上去，我急忙把她拉住，低聲求她鎮靜，她點點頭，站住在屍體的面前。曹的面孔如枯蠟一樣的慘白，右眼閉了，左眼還微睜，似乎在看他臨死而不曾見面的情人。沁珠撫著屍體，默默地祈禱著，她注視他的全身衣著，最後她看見曹手上帶著一只白如枯骨般的象牙戒指，正同從前送給她自己的那一對，一色一樣，她不禁撫弄著這已僵冷的手和那戒指，其他的朋友們都靜悄悄地站在後面。宇宙這時是顯露著死的神祕。

將要蓋棺時，我們把沁珠勸了出來，但她聽見釘那棺蓋上的釘子的響聲，她像發了狂似地要奔進去，袁姐和我把她抱住，她又暈厥過去。經過醫生打針才慢慢醒來。棺材要送到廟裡去時，我們本不想叫沁珠去，但她一定堅持要去，我們只好依她。這時已是黃昏時候，我們才到了廟裡，我伴著沁珠在一間幽暗的僧房裡休息，她不住地啜泣，聽見外面人夫安置棺材

的動作和聲音時，她全身顫慄著，兩手如冰般的冷。過了一些時候，小袁和袁姐進來叫我們到靈前致祭。這時夕陽正照著淡黃的神幔，四境都包圍在冷淒悲涼的空氣中。

走到一間小屋子的門口，曹的棺材停放在裡面，靈前放著一張方桌，掛著一幅白布藍花的桌裙，燃了兩枝白燭，一個銅香爐中點了三根香，煙霧繚繞，她走近靈前，撫著棺蓋號啕痛哭，這一座古廟裡布滿了愁慘的雲霧。

黑暗的幕漸漸地垂下來，我們喚沁珠道：「天晚了，該回去了！」

「是的，我知道，天晚了，該回去了。」沁珠失神落魄地重複了一遍，又放聲痛哭起來。我們把她扶上汽車，她又閉了氣，面色蒼白著，手足僵硬，除了心頭還有些暖氣外簡直是一個屍體呢。

汽車開到袁姐家裡把她抬到床上，已經夜裡了，我們忙著去請醫生，但第一個醫生看過，用急救法救治，不見效；又另請醫生，前後換了六個醫生都是束手無策。後來還是同住的楊老太婆用了一種土方法 —— 用粗紙燃著，澆上濃醋，放在鼻端熏了許久，她才漸漸醒來，那時已深夜三點多鐘了。

十五

十六

　　沁珠病在袁志先家裡，她軟弱，憔悴，悲傷，當她微覺清醒時，口裡便不住喃喃地低呼道：「唉，長空！長空！」眼淚便沿著雙頰流了下來。她拒絕飲食，兩天以來只勉強喝了一些開水。我同袁姐百般地哄騙她，勸解她；但是毫無結果。這種太糟的局面，怎能使她延長下去。我們真急得發昏。晚上我捧了一碗燕窩請求她吃些，她依然是拒絕，我逼得無法，便很嚴重問她說：「沁珠你忘了家鄉的慈母同高年的老父嗎？……倘若他們知道你這樣……」我的話還不曾說完，沁珠哀叫一聲「媽」，她又昏厥過去了。袁姐向我看著，似乎怪我太魯莽了，然而我深知沁珠現在神智昏迷，不拿大義來激動她是無挽救的。不過現在昏厥了又怎麼辦？袁姐不住地撼動她呼喚她，過了半點鐘，才漸漸醒來。我又把溫暖的燕窩端去勸她吃，她悲楚地看著我──那焦急而含悲的面容，我真不忍，幸喜她到底把燕窩吃下去了。袁姐跟我一顆懸懸的心總算放下。

　　幾天後，她的悲哀似乎稍微好些。身體也漸漸地強健起來──這幾天來我同袁姐真是夠疲倦了，現在才得休息。一個星期過去，沁珠已能起床，她對著鏡，照了自己慘淡消瘦的

容顏，「唉，死究竟不容易！」她含淚地說。我們都沒有回答
她，只默默地看著她。下午她說要回寄宿舍去，我同袁姐雇了
一部車子送她去。到了寄宿舍，我真怕她睹物傷情，又有一番
周折，我們真是捏著一把汗。走進寄宿舍的大門時，她怔怔地
停了一歇，嘆息了一聲。「唉，為了母親我還得振起精神來作
人。」她說。

「是了。」我同袁姐異口同聲地說。

這一個難關，總算過去了。兩天以後沁珠開始回到中學授
課去。我同袁姐也都忙著個人的事情。

一個月以後，曹的石墳已築好，我們定規在星期天的上午
到廟裡起靈，十二點下葬。星期六晚上，我便到沁珠那裡住，
預備第二天伴她同去。夜裡我們戚然地環坐在寂靜的房裡，沁
珠握住我的手道：「唉，我的恐怖，悲哀，現在到底實現了！
他由活體變成殭屍……但他的心願也到底實現了！我真的把他
送到陶然亭畔埋葬在他自己指給我的那塊地方。我們一切都像
是預言，自己布下淒涼的景，自己投入扮演，如今長空算收束
了他這一生，只剩下我這飄泊悲哀的生命尚在掙扎。自然，我
將來的結果是連他都不如的！」

沁珠嗚咽地說著。這時冷月寒光，正從窗隙射進，照在她
那憔悴的青白色臉上，使我禁不住寒戰。我低下頭看著火爐裡

燒殘的炭屑；隱隱還有些微的火光在閃爍，這使我聯想到沁珠此後的生命，也正如爐火的微弱和衰殘，「唉，我永遠不明白神祕的天意……」我低聲嘆著。沁珠只向我微微點頭，在她的幽默中，我相信她是悟到了什麼 —— 也許她已把生命的核心捉住了。

當夜我們很晚才去睡覺。第二日天才破曉，我已聽到沁珠在床上轉側的聲音。我悄悄地爬起來，只見沁珠枕旁放著曹的遺照，她正在凝注著咽淚呢。「唉，死是多麼可怕，它是不給人以挽回的餘地啊！」我心裡也難過著。

到了廟裡，已有許多曹的親友比我們先到了。這時靈前的方桌上，已點了香燭，擺了一桌祭席，還有很多的鮮花、花圈等圍著曹的靈柩，爐中的香菸細縷在空中糾結不散，似乎曹的靈魂正憑藉它來看我們這些哀念他的人們；尤其是為他痛苦得將要發狂的沁珠 —— 他恐怕是放心不下吧！

「啊！長空，長空！」沁珠又在低聲地呼喚著。但是四境只是可怕的陰沉闃寂，哪裡有他的回音？除了一隻躲在樹案裡的寒鴉，繞著白楊樹「苦呀，苦呀！」地叫著 —— 一切都沒有回音，哪裡去招這不知何往的英魂呢？

沁珠站在靈前，默默地禱祝著，槓夫與出殯時所用的東西都已經齊備了，一陣哀切的聲音由樂隊裡發出來，這真太使人

十六

禁不住哀傷，死亡、破滅都從那聲音裡清楚地傳達到我們的心弦上；使我們起了同樣的顫動。沁珠的心更被搗碎了。她扶著靈柩嘶聲的哀號，那些槓夫要來抬靈柩，她怒目地盯視著他們；像是說他們是一群極殘忍的動物，人間不知多少有為的青年，妙齡的少女，曾被他們抬到那黝黑的土穴裡，深深地埋葬了。

後來我同袁姐極力把沁珠勸開。她兩手僵冷著顫慄著。我怕她又要昏厥；連忙讓她坐在馬車裡去。那天送葬的人很多，大約總有十五部馬車。我們的車子在最前面，緊隨著靈柩。沁珠在車上把頭深深地埋在兩臂之中，哀哀地嗚咽著車子過了三門閣，便有一幅最冷靜，最悲涼的圖畫展露在面前。一陣陣的西北風，從堅冰寒雪中吹來，使我們的心更冷更僵，幾乎連戰抖都不能了。一聲聲的哀樂，這時又擾動了我們的心弦。沁珠緊緊地挨著我，我很深切地覺得，有一種孤寂和哀悔的情感是占據在她弱小的心靈裡。

車子走了許多路，最後停在一塊廣漠的郊野裡，我們也就從車上下來。靈柩安放在一個深而神祕的土穴前；香爐裡又焚起香來，蠟燭的火焰在搖盪的風中，發出微綠的光芒。沁珠拿了一束紅梅和一杯清茶，靜穆的供在靈前，低聲禱祝道：

「長空，你生前愛的一枝寒梅，現在虔誠地獻於你的靈

前。請你恕我，我不能使你生時滿意，然而在你死後啊，你卻得了我整個的心，這個心，是充滿了懺悔和哀傷！唉，一個弱小而被命運播弄的珠妹，而今而後，她只為了紀念你而生存著了。」

這一番禱詞，我在旁邊聽得最清楚，忍不住一陣陣酸上心頭。我連抬眼看她一看都不敢，我只把頭注視著腳前的一片地，讓那些如奔泉般的淚液浸溼了地上黃色的土，袁姐走過來勸我們到那座矗立在高坡上的古廟裡暫歇；因為距下葬的時候至少還有一個鐘頭。我們到了廟裡後，選了一間清靜的僧房坐下休息。沁珠這時忽然問我道：「我托你們把照片放在靈柩裡，大概是放了吧？」 ── 這是曹入殮的那一天，她將一張最近送給曹的照片交給我們，叫我們放在曹的棺材裡 ── 這事大家都覺得不大好，勸她不必這樣作，而沁珠絕對不肯，只好依她的話辦了。當時因為她正在病中，誰也不敢提起，使她傷心，現在她忽想起問我們。

「照你的話辦了！」我說。

「那就好，你們知道我的靈魂已隨他去了；所餘下的是一副免不了腐臭的軀殼，而那一張照片是我這一生送他唯一的禮物。」她說著又不禁流下淚來。

「快到下葬的時候了，請你們出去吧！」袁志先走進來招

呼我們。沁珠聽見這話,她的神經上像是又受了一種打擊,異常興奮地站了起來,道:「唉,走,快走,讓我再細細認一認裝著他的靈柩 —— 你們知道那裡面睡著的是他 —— 一個為了生時不能得到我的心因此哀傷而死的朋友,啊!為了良心的詰責,我今後只有向他的靈魂懺悔了!唉,這是多麼悲艷的結局啊!」

沁珠這種的態度,真使我看著難過,她是壓制了孩子般的哭聲,她反而向我們笑 —— 同眼淚一同來的笑。我掉過頭去,梗塞著幾乎窒了呼吸!

來到墓地了,那邊許多含悲的面孔,向深深的土穴注視著,槓夫們把靈柩用麻繩周圍束好,歇在白楊樹下的軍樂隊,又發出哀樂來;槓夫頭喊了一聲口號「起」,那靈柩便慢慢懸了空,抬到土穴的正中又往下沉,沉,沉,一直沉到穴底,那穴底是用方磚砌成的,上面鋪了些石灰。

「頭一把土應當誰放下去?」幾個朋友在低語地商量著。

「當然還是請沁珠的好 —— 恐怕也是死者的意思吧!假如他是有靈的話。」朋友中的某人說。

「也好。」其餘的人都同意。

沁珠來到土穴畔,望著那白色的棺材,注視了好久,她流

著淚，俯下身去在黃土堆上捧了一掬黃土，抖戰地放了下去。她的臉色白得和紙一樣，口唇變成了青紫色，我同袁姐連忙趕過去把她扶住，「唉，可憐！她簡直想跳下去呢！」袁姐低聲向我說，我只用點頭回答她。我們攙沁珠到一張石凳上坐下——朋友們不歇氣的往墳裡填黃土。不久那深深的土穴已經填平了。「啊！這就是所謂埋葬。」環著墳墓的人，都不禁發出這樣的嘆息！

　　黃昏時這一座新墳大致已經建築完成了。墳上用白石砌成長方形的墓，正中豎了一座尖錐形的四角石碑，正面刻著「吾兄長空之墓」。兩旁刻著小字是民國年月日弟某謹立。下面餘剩的地方，題著兩行是：「願我的生命如火光的閃爍，如彗星之迅速。」旁邊另有幾行小字是：「長空，我誓將我的眼淚時時流溼你墓頭的碧草，直到我不能來哭你的時候」下面署名沁珠。墓碑的反面，刻著曹生平的事略，石碑左右安放著四張小石凳，正面放著一張長方石桌。

　　我們行過最後的敬禮，便同沁珠離開那裡，走過葦塘，前面顯出一片松林。晚霞照得鮮紅，松林後面，隱約現露出幾個突起的墳堆。沁珠便停住腳步呆呆地望著它低聲道：』唉，上帝啊，誰也想不到我能以這一幅淒涼悲壯的境地，作了我此後生命的背景！」同時她指著那新墳對我說道：「你看！」

十六

我沒有說什麼，只說天晚了，我們該回去了。她點頭隨著我走過一段土坡，找到我們的車子，在暮色蒼涼中，我們帶著哀愁回到城裡去。

不覺一個多星期了，在曹的葬禮以後，那天我站在迴廊下看見校役拿進一疊郵件來，他見了我，便站住還給了我一封信，那正是沁珠寫來的。她說：

下雪了，我陡然想起長空。唉，這時荒郊冷漠，孤魂無伴，正不知將怎樣淒楚，所以冒雪來到他墳旁。

走下車來，但見一片白茫茫的雪毯鋪在地下，沒有絲毫被踐踏的痕跡。我知道在最近這兩天，絕對沒有人比我先到這裡來。我站在下車的地方，就不敢往前走。經過了半晌的沉思，才敢鼓起勇氣衝向前去。腳踏在雪上發出沙沙的聲響，同時並明顯地印著我的足跡，過了一道小小的木橋，橋旁滿是蘆葦，這時都綴著潔白的銀花。葦塘後面疏條稀枝間露出一角紅牆；我看了這紅白交映的景物，好像置身圖畫中，竟使我忘了我來的目的。但不幸，當我的視線再往東方垂注時，不能掩遮的人間缺陷，又極明顯有力地展布在我的眼前 —— 唉，那豈僅是一塊刻著綠色字的白石碑。啊！這時我深深地懺悔，我曾經作過比一切殘酷的人類更忍心的事情，雖然我常常希望這只是一個幻夢。

吾友！我真不能描畫此刻所環繞著我的世界；——冷靜，幽美，是一幅不能畫在紙上的畫；是一首不能寫在紙上的詩。大地上的一切這時都籠罩在一張又潔白又光滑的白天鵝絨的毯子下面。就是那一堆堆突起的墳墓，也在它的籠罩之下。唉！那裡面埋著的是紅顏皎美的少女；是英姿豪邁的英雄。這荒涼的郊野中，正充滿了人們悼亡時遺留在著的悲哀。

　　唉，我被凄寒而潔白的雪環繞著。白墳，白碑，白樹，白地。低頭看我白色圍巾上，卻露出黑的影來寂寞得真不像人間。我如夢遊病者，毫無知覺地走在長空的墓前。我用那雙僵硬的手抱住石碑。低聲地喚他的名字，熱的淚融化了我身邊的雪；一滴滴的雪和淚的水，落在那無痕的雪地上。我不禁嘆道：「長空！你怎能預料到，你現在真已埋葬在這裡，而我也真能在這寒風凜冽，雪片飛舞中，來到你的墳頭上唏噓憑弔。長空，你知道，在這廣漠的荒郊凄涼的雪朝；我是獨倚你的新墳啊！長空，我但願你無知，不然你當如何地難受，你能不後悔嗎？唉，太忍心了！也太殘酷了啊！長空，你最後賜給我這樣悲慘的境界，這樣悲慘的景象，使它深深印在我柔弱的心上！我們數年來的冰雪友誼，到現在只博得隱恨千古，唉，長空，你為什麼不流血沙場而死，而偏要含笑陳屍在玫瑰叢中，使站在你屍前哀悼的，不是全國的民眾，卻是一個別有懷抱負你深

十六

愛的人？長空！為了一個幻夢的追求，你竟輕輕地將生命迅速地結束，同時使我對你終生負疚！

我睜眼四望，要想找出從前我倆到這裡看墳地的痕跡，但一切都已無蹤，我真不能自解，現在是夢，還是過去是夢？長空，自從你的生命，如彗星一閃般地隕落之後，這裡便成了你埋愁的殯宮，此後啊！你我間隔了一道生死橋，不能再見你一面，也不能再聽到你的言語！

我獨倚新墳，經過一個長久的時間，這時雪下得更緊了。大片大片的雪花飛到我頭上，身上。唉，我真願雪把我深深地埋葬 —— 我仰頭向蒼天如是地禱祝。我此刻的心是空洞的，一無所戀，我的心神寧靜得正如死去一般。忽然幾隻寒鴉飛過天空，停在一株白楊樹上，拍拍地振翼聲，驚回了我迷惘的魂靈。我頓感到身體的冷僵，不能再留在這裡，我再向新墳凝視了片刻，便毅然離開了這裡。

兩天後我到寄宿舍去看沁珠，寂寞的荒庭裡，有一個哀愁的人影，在那兩株大槐樹下徘徊著。日光正從參差的枝柯間射下來。我向那人奔去，她站住了說道：

「我寄給你的一封長信收到了嗎？」

「哦，收到了！沁珠，你到底在那樣的雪天跑到陶然亭

去，為什麼不來邀我作伴？」我說。

「這種淒涼的環境，我想還是我獨自去的好。」

「你最近心情比較好些嗎？」

「現在我已是一池死水，無波動無變化，一切都平靜！」

「能平靜就好！……我正在發愁，不久我就要離開這裡，現在看到你的生活已上了軌道，我可以放心走了。」

「但你為什麼就要走？」

「我的研究科已完了，在這裡又找不到出路，所以只有走了！」

「唉，談到出路，真成問題……灰城永遠是這樣沉悶著，像是一座墳墓，不知什麼時候才能有點生氣！」

「局面是僵住了，一時絕不會有生氣的，我想還是到南方去碰碰運氣，而且那裡熟人也多。」

「你是否打算仍作教員？」

「大概有這個意思吧！」

「也很好，祝你前途光明。」沁珠說到這裡，忽然沉默了。她兩眼呆望著遙遠的紅色樓角，過了些時她才又問我道：

「那麼幾時動身呢？」

十六

「沒有定規,大約在一個星期後吧!」

「我想替你餞行。唉,自從長空死後,朋友們也都風流雲散,現在連你也要去,趁著這時小葉同小袁他們還在這裡,大家痛快聚會一次吧!也許你再來時,我已化成灰了!」

「你何必這樣悲觀,我們都是青年,來日方長,何至於……」

「那也難說,看著吧!……」沁珠的神情慘淡極了,我也似乎有什麼東西哽住我的喉管;我們彼此無言,恰巧一陣西北風又把槐樹上的枯葉吹落了幾片,那葉子在風中打著旋,天上的彤雲如厚絮般凝凍住。唉!這時四境沉入可怕的沉悶中。

十七

　　正是黃昏的淡陽，射在淺綠色的玻璃窗上，我同沁珠走進宜南春飯店的一間雅座裡。所邀的客人，還都不曾來，茶房送上兩杯清茶，且露著殷勤的笑容道：「先生們這些日子都不照顧我們啦！」

　　「是呀，因為事情忙……你們的生意好嗎？」

　　「還對付吧，總得先生們多照應才好！」茶房含笑退了出去。我們坐在沙發上吸著長城香菸，等候來客。不久茶房高聲喊道：「七號客到。」跟著門簾掀開了。一個西裝少年同一個時裝的女郎走了進來，我一看原來正是袁氏姐弟，沁珠一面讓他們吃煙一面問道：「小葉怎麼不一同來？」

　　「他去洗澡，大約也就要來了。」小袁說。

　　「沁珠今日作什麼請客？」袁姐這樣問。

　　「因為素文就要離開灰城，所以我替她餞行。」沁珠說。

　　「這是什麼意思？你們一個個都跑了，唉！分別是多麼乏味的勾當，素文。」小袁嘆息著說。我們也同時受了他的暗示，人人心靈中都不期然充滿了惜別的情緒。正在沉寂中，小

葉悄悄地推門進來。

「少爺，只有你遲，該當怎麼罰？」我對小葉說。

小葉遲疑了一下，連忙從身上摸出一隻錶來看過之後，立刻含著勝利的微笑，把錶舉向我們道：「你們看現在幾點鐘，不是整整六點嗎？」

「果然才六點！」袁姐說：「可是怎麼天已暗下來了呢？」

「那是另一個問題，但不能因此而要我受罰！」小葉重新申明了一次。

「好吧！就不罰你，不過今晚是離筵，你總應當多喝幾杯酒。」沁珠說。

「喝酒本來沒有什麼，不過我怕你又要發酒瘋。」小葉說。

「唉，發酒瘋！也是一種人生。我告訴你，今後我只想在酒的懷抱裡睡著，因為它對於我有著非常的誘惑力，正像一個絳衣少女使騎士心蕩的情感一樣……」沁珠非常興奮地說。

「小姐幾時又發明了這樣的哲學！」小袁打趣般地看著沁珠說，這話惹得我們都不禁笑了。這時茶房已擺上筷子羹匙，酒杯小碟子。沁珠讓我們圍著坐下，當茶房放下四盤冷葷和兩壺酒後，沁珠提起酒壺來，替我們都斟滿了，她舉起自己的杯子向我道：「素文，這幾年來你是眼看著我，嘗試人生酸甜

苦辣種種的滋味，所以只有你最了解我，也最同情我，最近一年你簡直成了我身體和靈魂的保姆。想不到今天我替你餞行，在這臨別的時候，我只有這一杯不知是淚是血或者就僅僅是酒的東西贈獻給你，祝你前途的光明！」沁珠說時眼淚不住在眼窩裡轉，臉色像紙般的慘白，我接過她拿著的酒杯，一滴淚正滴在杯中，我把那和淚的酒一口氣吞嚥了下去。我們互相握著手嗚咽悲泣，把袁姐他們也都嚇呆了。這樣經過了五分鐘的時候，沁珠才勉強嚥住淚慘笑道：「我們痛快地玩吧！」

「是啊！我也想應當痛快地玩，不過……」小袁說。

「唉！你就不要多話了吧，來，我倆乾一杯。」小葉打斷小袁的話說。袁姐明白小葉的用意，想改變這屋子裡悲慘的空氣，因對我們說道：「素文，沁珠，我們也乾一杯。」於是大家都把杯裡的酒喝乾了。茶房端上一碗兩條魚來，我們無言地吃著，屋裡又是冷寂寂的，沁珠嘆道：「在這盛筵席上，我不免想到和長空的許多聚會暢飲，當時的歡笑，而今都成追憶！」同時她又滿斟了一杯酒，淒楚地喝了下去：「唉，我願永久的陶醉，不要有醒的時候，把我一切的煩惱都裝在這小小杯裡，讓它隨著那甘甜的酒汁流到我那創傷的心底，從此我便被埋葬了！」

小袁又替沁珠斟了兩杯酒，我要想阻攔他，又怕沁珠不高興。只好偷偷使眼色，小袁也似乎明白了，連忙停住。然而已

十七

經晚了，沁珠已經不勝酒力，頹然醉倒在沙發上了。這一次她並不曾痛哭只昏昏地睡去，我們輕聲地談講著，我很希望不久能平復她的傷痕，好好努力她的事業，並且我覺得在曹生前，她既不愛曹，曹死後，她盡可找一個她愛的人，把那漂泊的心身交付給他，何必自己把自己打入死囚牢裡？我設想到這裡，我的目光不知不覺又投向她那垂在沙發邊緣上的手上了。那一隻枯骨般慘白色的象牙戒指，正套在她左手的無名指上。唉，這僅僅是一顆小小的戒指啊，然而它所能套住的，絕不只一個手指頭，它啊，誰知道它將有這樣大的勢力，對於睡在這沙發上的可憐人兒呀？它要圈住它的一生嗎？……也許……唉，我簡直不敢想下去，曹的那一隻乾枯的無血的手指上 —— 在她僵冷成屍的手指上也正戴著這一隻不祥的東西呀！當初他為什麼不買一對寶石或者金光燦爛的金戒指，而必定看上這麼一種像是死人骨頭製成的象牙戒指呢，難道真是天意嗎？ —— 天只是蔚蔚蒼蒼的呀？……我真越想越不解。

忽然一聲低低的嘆息，從那張沙發椅上睡著的沁珠的喉管裡發出來。這使我沉入冥想的魂靈復了原。我急忙站起來，奔到她的面前，只見她這時臉色失去了酒後的紅，變成慘白。她垂著眼，呼吸微弱得像是……啊，簡直是一副石膏像呢。我低聲問她：「喝點茶嗎，沁珠？」她微微點了點頭，我把一杯溫

和的茶送到她的唇邊。她側著頭輕輕的吸了兩口，漸漸地睜開了眼，她把眼光投射在屋子的暗陬裡，「我適才看見長空的。」她說。這簡直是鬼話呀，把我們在座的人都嚇了一跳。大家都知道沁珠這時候悼亡的心情太切，對於這一個問題最好誰都不再說起，我剝了一個蜜橘，一瓣瓣地餵她吃。她吃過兩瓣之後，又嘆了一聲道：「從前長空病在德國醫院時，我也曾餵過他果子露和橘瓣。唉，他現在到什麼地方去了呢！素文，你好心點，告訴我死之國裡是不是長空所去的地方，我想去找他。假使我看見他，我一定要向他懺悔。……懺悔我不應當給他一個不兌現的希望，以至使他哀傷到自殺！……唉！長空！長空……」她放聲痛哭了，門外隱隱約約有人在窺探，茶房也忙趕了進來，他怔怔地望望沁珠又看看我們。

「哦，這位小姐喝醉了，隔一會就好，不相干的，你替我打一把熱手巾來吧！」小袁對茶房這樣說。我同袁姐將沁珠左右扶住，勸她鎮靜點，這裡是飯館，不好不檢點些。同時我們又讓她喝了一大杯濃茶，她漸漸清醒了。我替她拭著漣漣的淚水，後來小葉叫來了一部汽車，我同袁姐小袁三人伴她回到寄宿舍。到那裡以後，小袁同袁姐又坐著原車回去；我就在寄宿舍陪著她。那一夜她又是低泣著度過，幸好第二天正是星期，可以不到學校去，我勸她多睡睡。

🌸 十七

天已大亮了，我悄悄地起來。看見沁珠已朦朧睡去，我小心地不使她驚醒。輕輕地走到院子裡，王媽已提著開水走來，我梳洗後，吃了一些餅乾，我告訴王媽：「我暫且回去，下午兩三點再來，等沁珠醒了說一聲。」王媽答應了。她送我到了大門口。

我回到學校，把東西收拾了，吃過午飯後，我略睡了些時，又到沁珠那裡。她像是已起來很久了，這時她正含愁地寫些什麼東西，見我進來她放下筆道：「你吃過飯嗎？」

「吃過了。你呢，精神覺得怎樣……又在寫文章嗎？」

「不，我在寫日記。昨天我又管不住自己了，想來很無聊！真的，素文，我希望你走後，我能變一個人，現在這種生活，說起來太悲慘，我覺得一個別有懷抱的人，應當過些非常的生活。我很討厭一些人們對我投射一種哀恤的眼光：前幾天我到學校去，那些同事老遠地看見我來了，他們都怔怔地望著我，對於我那是一種可憐的微笑。在他們也許是好意，而在我總覺得這好意不是純粹的；也許還含著一些侮辱的意味呢。所以從今以後，我要使我的生活變得非常緊張，非常熱鬧，不許任何人看見我流一滴眼淚，我願我是一隻富有個性的孤獨的老鷹，而不是一個向人哀鳴的綿羊。」

「你的思想的確有了新的開展，然而是好是壞我還不敢

說。不過人是有生命的，當然不能過那種死水般毫無波動的生活。我祝你前途的光明！」

「謝謝你，好朋友！我真也渴望著一個光明的前途呢。但是我終是恐懼著，那光明的前途離我太遠了！好像我要從千里的大海洋的此岸渡到彼岸；不用說這其間的風波太險惡而且我也沒有好的航船，誰知道我將來要怎樣？！」

「這當然也是事實，但倘使你有確定的方針，風波雖險，而最後你定能勝過險阻而達到彼岸的。沁珠願你好好地掙扎吧！」

「是的，我要堅持地掙扎下去。……你離開灰城後，當然另開闢一個新生活的局面了，我希望將來我們能夠合作！」

「關於這一層，老實說，我也是這樣盼望著。我相信一個人除了為自己本身找出路，同時還應當為那些的人們找出路，我們都二十以上的年紀了。人生的歷程也走過一段，可是除了在個人的生命河中，打回漩以外，真不曾見過天日呢！我知道你是極富於情感的人，而現在你失掉了感情的寄託處，何妨就把偉大的事業來作寄託呢！」

「你的話當然不錯，不過你曉得我是一個性情比較靜的人，我怕我不習慣於那種生活。所以你還是要先去……也許以後我的思想轉變了。我再找你去吧！……」

十七

　　談話的結果，我忽然得了一種可怕的暗示，我覺得沁珠的思想還沒有把捉到一個核心。一時她要像一池死水平靜著；一時她又要熱鬧緊張。呵天！這是什麼意思啊，然而我也顧不得許多了。三天後我便離了灰城。以後兩年，我們雖然常常通信，而她的來信也是非常不一致。忽然解脫，忽然又為哀愁所困。後來為了我自己的生活不安定，沒有確定的地址，所以通信的時候也很少了。直到她病重時，得到小袁一封快信，我便趕到這裡來。而到時她卻已經死了，殮了，我只看見那一副黑色的棺材，放在荒涼的長壽寺裡。唉！她就這樣了結了她的一生！……究竟她這兩年來怎樣過活的？她何至於就死了？這一切的情形我想你比我知道得清楚，你能否說給我聽？

　　這時夜幕已經垂在大地上了，雖然夏天日落得較遲，而現在已經八點多鐘了，我們的晚飯還不曾吃。

　　「好，現在我們先去吃晚飯，飯後就在這院子裡繼續地談下去，我可以把沁珠兩年來的生活說給你。」我對素文說。

　　晚飯已經開在桌上了，我邀素文出去 —— 飯廳在客堂的後面，這時電燈燃得通明。敞開的窗門外可以看見開得很繁盛的玫瑰，在豔冶的星光下，吐出醉人的芬芳。我們吃著飯又不禁想到沁珠。素文對我說：

　　「隱！假使沁珠在著，我們三人今夜不知又玩出什麼花樣

子？她真是一個很可愛的朋友！……」

「是的。」我說：「我也常常想到她，你不曉得我這兩年裡，差不多天天和她在一處工作遊玩。忽然間說是她死了，永遠再不跟我說話，我也永遠再不看見她那微矗的眉峰，和細白的整齊牙齒。啊，我有時想起來，真不相信真有這回事！也許她暫且回到山城去了吧？……不久她依然要回來的，她活潑而輕靈的步伍，依然還會降臨到我住的地方來……可是我盼望了很久，最後她給了我一個失望！……」

這一餐晚飯我們是在思念沁珠的心情中吃完的。在我們離開飯桌走到迴廊上時，夜氣帶來了非常濃厚的芬芳。星點如同棋子般，密密層層地布在蔚藍的天空上。稀薄的雲朵，從遠處西山的巒岫間，冉冉上升，下弦的殘月還沒有消息。我們在隱約的電燈光中，找到了兩張籐椅，坐下。

「你可以開始你的描述了。隱。」素文催促我說。

阿媽端過兩杯冰浸的果子露來，我遞給素文一杯，並向她說道：「我們吃了這杯果子露，就可以開始了，但是從哪裡說起呢？」我說到這裡，忽然想起，沁珠還有一本日記在我的雁子裡，這是她死後，我替她檢東西，從書堆中搜出來的。那本東西可算她死後留給朋友們的一件好贈品，從曹死後，一直到她病前，她的生活和她的精神變化都摘要地寫著。

十七

「素文，我去拿一件東西給你，也許可以省了我多少唇舌。而且我所能告訴你的，只是沁珠表面的生活，至於她內心怎樣變動，還是看她的日記來得真實些。」我忙忙地到書房把這本日記拿了來，素文將日記放在小茶几上說道：「日記讓我帶回去慢慢看，你先把她生活的大略告訴我。時間不多了，十二點鐘以前，我無論如何要趕回家去的。」

「好，我就開始我的描述吧！」我說：

當然你知道，我是民國十五年春天回到灰城的。那時候我曾有一封信給沁珠，報告我來的事情。在一天的下午，我到前門大街買了東西回到我姨母的家裡。剛走到我住的屋子門前，陡然看見一個黑色的影子，在門簾邊一晃，我很驚詫，正想退回時，那黑影已站在我的面前。啊！她正是別來五年的沁珠。這是多麼慘淡的一個印象呵 —— 她當時所給我的！她穿著一件黑呢的長袍，黑襪黑鞋，而她的臉色是青白瘦弱。唉，我們分別僅僅五年，她簡直老了，老得使我心想像不到。但我算她的年齡至多不過二十六歲，而她竟像是三十五六歲的人。並且又是那樣瘦，缺少血色。我握住她的手，我真不知說什麼好，很長久地沉默著，最後還是我說道：「沁珠，你瘦了也老了！」

「是的，我瘦了也老了，我情願這樣！……」她的話使我不大了解。我只遲疑地望著她，她說：「你當然知道長空死了，

在他死後我是度著淒涼冷落的生涯。……我罰自己，因為我是長空的罪人呀！」她說到這裡又有些眼圈發紅。

「好吧！我們不談那些令人寡歡的事情，你說說你最近的生活吧！」

「我還在教書……這是無聊的工作，不過那些天真爛漫的小女孩，時常使我忘了悲哀，所以我竟能繼續到如今。」

「除了教書你還作些文藝品嗎？」

「有的時候也寫幾段隨感，但是太單調，有人說我的文章只是哭顏回。我不願這個批評，所以我竟好久不寫了。就是寫也不想發表。一個人的東西恐怕要到死後才能得到一些人的同情吧！」

「不管人們怎麼說，我們寫只是為了要寫。不一定寫了就一定要給人看；更不定看了就要求得人們的同情！……唉！老實說同情又值什麼？自己的痛苦還只有自己了解，是不是！」

「真對，隱，這些時候了，我們的分別。我時時想你來，有許多苦惱的事情我想對你談談，謝天，現在你居然來了，今晚我們將怎樣度過這一個久盼始得到的夜晚呢？……」

「你很久沒有看見中央公園的景緻了，我們一同到那裡兜個圈子，然後再同到西長安街吃晚飯，讓我想，還有什麼人可

十七

以邀幾個來，大家湊湊熱鬧？」沁珠對我這樣說。

「我看今夜的晚飯還是不用邀別人；讓我們好好的談談不好嗎。」我說。

「也好，不過近來我很認識了幾個新朋友，平日間他們也曾談到過你，如果知道你來了，他們一定不放鬆我的，至少要為你請他們吃一頓飯。」

「那又是些什麼人？」

「他們嗎，也可以說都是些青春的驕子，不過他們都很能忠於文藝這和我們脾味差不多。」

「好吧，將來閒了找他們玩玩也不錯！」

我們離開了姨母家的大門，便雇了兩部人力車到中央公園去。這時雖然已是春初，但北方的氣候，暖得遲，所以路旁的楊柳還不曾吐新牙，桃花也只有小小的花蕊，至少還要半個月以後才有開放的消息吧。並且西北風還是一陣陣的刺人皮膚。到中央公園時，門前車馬疏疏落落，遊人很少。那一個守門的警察見了我們，微微地打了一個哈欠，似乎說他候了大半天，才候到了這麼兩個遊人。

我們從公園的迴廊繞到了水榭。在河畔看河裡的冰，雖然已有了破綻，然而還未化凍，兩只長嘴鷺鷥躲在樹穴裡，一切

都還顯著僵凍的樣子。從水榭出來，經過一座土山，便到了同生照相館，和長美軒一帶地方。從玻璃窗往裡看，似乎上林春裡有兩三個人在喫茶。不久我們已走到御河畔的松林裡了。這地方雖然青蔥滿目，而冷氣侵人。使我們不敢多徘徊，忙忙地穿過社稷壇中間的大馬路，仍舊出了公園。

到西長安街時，電燈已經全亮了，我們在西安飯店找了一間清靜的小屋，泡了一壺茶吃著，並且點了幾樣吃酒的菜，不久酒菜全齊了，沁珠斟了一杯酒放在我的面前道：

「隱姊，請滿飲這一杯，我替你洗塵，同時也是慶賀你我今日依然能在灰城聚會！」

我們彼此乾了幾杯之後，大家都略有一些酒意，這使我們更大膽地說我們所要說的話。

這一夜我們的談話很多，我曾問到她以後的打算，她說：

「我沒有打算，一切的事情都看我的興致為轉移，我高興怎樣就怎樣，現在我不願再為社會的罪惡所割宰了。」

「你的思想真進步了。」我說：「從前你對於一切的事情常常是瞻前顧後，現在你是打破了這一關，我祝你……」

唉！祝什麼呢？我說到這裡，自己也有些懷疑起來。沁珠見我這種吞吐的神情，她嘆息了一聲道：「隱姊，我知道你在

十七

祝我前途能重新得到人世的幸福，是不是？當然，我感謝你的好心！不過我的幸福究竟在哪裡呢？直到現在我還不曾發現幸福的道路。」

「難道你還是一池死水嗎？唉！沁珠，在前五個月你給我的信中，所說的那些話。彷彿你要永久緘情向荒丘，現在還沒有變更嗎？」

「那連我自己也不知道。不過我的確比以前快活多了。我近來很想再恢復學生時代的生活，你知道今年冬天我同一群孩子們滑冰跳舞，玩得興致很高呢。可是他們都是一群孩子啊，和孩子在一起，有時是可以忘卻一切的悵惘，恢復自己的天真，不過有時也更容易覺得自己是已經落伍的人了 —— 至少在純潔的生命歷程上是無可驕傲的了。」

九點半鐘敲過，我便別了沁珠回家。

十八

　　別了沁珠第三天的下午，我正預備走出公事房時，迎面遇見沁珠來了，她含笑道：「嚇！真巧，你們已經完了事吧！好，跟我到一個地方，有幾個朋友正等著見你呢！」

　　「什麼人，見我作什麼？」我問。

　　「到了那裡自然明白了。」她一面說，一面招手叫了兩輛車子，我們坐上，她吩咐一聲：「到大陸春去。」車伕應著，提起車柄，便如神駒般，踏著沙塵，向前飛馳而去。轉了兩個彎，已是到了。我們走進一間寬暢的雅座，茶房送上茶和香菸來，沁珠遞了一根煙給我，同時她自己也拿了一根，一面擦著火柴，一面微笑說道：

　　「煙、酒現在竟成了我唯一的好朋友！」

　　「那也不壞，原也是一種人生！」我說。

　　「不錯！這也是一種人生，我真贊成你的話，但也是一種使人不忍深想的人生呢！」

　　沁珠黯然的態度，使我也覺得憂傷正咬著我的心，我竟無話可安慰她，只有沉默地望著她，正在這時候，茶房掀開門簾

叫道：「客到！」三個青年人走了進來，沁珠替我們介紹了，一個名叫梁自雲比較更年輕，其餘一個叫林文，沁珠稱他為政治家，一個張炯是新聞記者，這三個青年人，果然都是青春的驕子，他們活潑有生氣，春神彷彿是他們的僕從。自從這三個青年走進這所房間，寂寞立刻逃亡。他們無拘無束地談笑著，諧謔著，不但使沁珠換了她沉鬱的態度，就是我也覺得這個時候的生命，另有了新意義。

在吃飯的時候，他們每人敬了我一杯酒，沁珠不時偷眼看我，可是這有什麼關係呢？那夜我並不脆弱，也不敏感，酒一杯杯地吃著，而我的心浪，依然平靜麻木。

我們散的時候，沁珠送我到門口，握住我的手說：「好朋友，今夜你勝利了！」

我只淡淡一笑道：「你也不壞，從今後我們絕不要在人前滴一顆眼淚才好！」沁珠點點頭，看著我坐上車，她才進去。

自從這一天以後，這幾個青年，時常來邀我和沁珠到處去玩，我同沁珠也都很能克制自己很快樂而平靜地過了半年。

不久秋天來了，一個星期天的早晨，我去看沁珠，只見她穿了一身黑色的衣服，手裡捧著一束菊花，滿面淚痕地站在窗前，我進去時，她不等我坐下，道：「好！你陪我到陶然亭去

吧！」我聽了這話，心裡禁不住打抖，我知道這半年來，我們強裝的笑臉，今天無論如何，不能不失敗了。

　　我倆默默地往陶然亭去，城市漸漸地向我們車後退去，一片蒼綠的蘆葦，在秋風裡點頭迎迓我們，長空墓上的白玉碑，已明顯的射入我們的眼簾。沁珠跳下車來，我伴著她來到墳前，她將花輕輕地放在墓旁，低頭沉默地站著，她在祝禱吧！我雖然沒有聽見她說什麼，而由她那晶瑩的淚點中，我看出她的悲傷。漸漸地她挪近石碑，用手扶住碑，她兩膝屈下來，跪在碑旁：「唉！多慘酷呀，長空！這就是你給我的命運！」沁珠喃喃地說著，禁不住嗚咽痛哭起來。我蹲在鸚鵡塚下，望著她哀傷的流淚，我不知道我這個身子，是在什麼地方，但覺愁緒如惡濤駭浪般地四面裹上來，我支不住了，顧不住泥汙苔冷，整個身子倒在鸚鵡塚旁。

　　一陣秋風，吹得白楊發抖，葦塘裡也似有嗚咽的聲音，我抬頭看見日影已斜，前面古廟上的鈴鐸，叮噹作響，更覺這境地淒涼，彷彿鬼影在四周糾纏，我連忙跳起，跑到沁珠那裡，拉了她的手，說道：「沁珠，夠了，我們去吧！」

　　「唉！隱！你好心點吧！讓我多留一刻是一刻。回到城裡，我的眼淚又只好向肚裡流！」

　　「那是沒辦法的呀！你的眼淚沒有乾的時候，除非

是……」我不忍說下去了。

沁珠聽了這話，不禁又將目光投射到那石碑上，並輕輕地念道：「長空！我誓將我的眼淚，時時流溉你墓頭的碧草，直到我不能來哭你的時候！」

「何苦呢！走吧！」我不容她再停留，連忙高聲叫車伕，沁珠看見車伕拉過車子來，無可奈何地上了車，進城時，她忽然轉過臉來說道：

「好了，隱！我又換了一個人，今晚陪我去跳舞吧！」

「回頭再商量！」我說。

她聽了這話又回頭向我慘笑，我不願意她這樣自苦，故意把頭掉開，她見我不理她，竟哈哈大笑起來。

「鎮靜點吧，這是大街上呢！」我這樣提醒她，她才安靜不響了。到了家裡，吃過晚飯，她便脫掉那一身黑衣，換上一件極鮮豔的印度綢長袍，臉上薄施脂粉，一面對著鏡子塗著口紅，一面道：

「你看我這樣子，誰也猜不透我的心吧！」

「你真有點神龍般的變化！」我說。

「隱！這就是我的成功，在這個世界上，只有這樣的把戲，才能使我仍然活著呢！」

這一夜她是又快樂，又高傲的，在跳舞場裡扮演著。跳舞場裡的青年人，好像失了魂似地圍繞著她。而不幸我是看見她的心正在滴著血。我一晚上只在慘恫的情感中掙扎著。跳舞不曾散場，我就拉著她出去。在車子經過天安門的馬路時，一勾冷月，正皎潔的懸在碧藍的雲天上。沁珠很莊嚴地對我說道：「隱！明天起，好好地作人了！」

　　「嗯。」我沒有多說什麼。過了天安門，我們就分路了。

　　過了一個星期，在一個下午，我因公事房裡放假，到學校去看沁珠。只見她坐在女教員預備室，正專心的一志替學生改卷子呢。我輕輕地走近她身旁，叫了一聲，她才覺得，連忙放下筆，請我坐下道：「你今天怎麼有工夫來？」

　　我告訴她公事房放假，她高興地笑道：「那麼我們出去玩玩吧！這樣好的日子，又遇到你放假！」

　　「好，但是到哪裡去？」我說。

　　「我們到北海去划船，等我打個電話，把自雲叫來。」沁珠說完，便連忙去打電話，我獨自坐在她的位子上，無意中，看見一封信，信皮上有沁珠寫的幾個字是：「他的確像一個小兄弟般地愛他的姊姊，只能如此……咳，天長地久有時盡，此恨綿綿無窮期……」

🌸 十八

　　這又是什麼意思呢，我暗暗地猜想著，正在這時候，沁珠回來了，她看見我對著那信封發怔，她連忙拿起那信封說道：「我們走吧，自雲也從家裡去了。」

　　我們到了北海，沿著石階前去，沒有多遠，已看見自雲在船塢那裡等我們呢！

　　北方的天氣，到了秋天是特別的清爽而高闊，我們繞著沿海的馬路，慢慢地前進，蔚藍的天色，從松柏樹的杈中閃出，使人想像到澄清如碧水的情人妙目。有時一陣輕風穿過御河時，水上漾著細的波漪，一切都是鬆爽的，沒有壓迫，也沒有糾纏，是我們這一剎那間的心情。我回頭看見站在一株垂楊旁的沁珠，她兩眼呆望著雲天的雁陣，兩頰泛出一些甜美的微笑，而那個青年的自雲呢，他獨自蹲在河邊，對著水裡的影子凝思；我似乎感覺到一些什麼東西——啊，那就是初戀的誘惑，那孩子有些不能自持了吧！

　　「喂，隱！我們划船去吧！」陡然沁珠在我身後這樣高聲喊著，而自雲也從河旁走了過來：「珠姊要坐船嗎？等我去交涉。」他說完便奔向船塢去，我同沁珠慢慢並肩前進，在路上，我忽對沁珠說：「自雲確是一個活潑而純潔的孩子呢！」

　　「不錯，我也這樣感覺著……不過他還不是一個單純的孩子，他也試著嘗人間的悲愁！」沁珠感嘆著說。

「怎麼，他對你已有所表白嗎？」我懷疑地問。

「多少總有一點吧，隱你當然曉得，一個人的真情，是不容易掩飾的，縱使他極端守祕密，而在他的言行上，仍然隨時要流露出來的呢！」沁珠說。

「當然，這是真話！不過你預備怎樣應付呢？」我問。

「這個嗎？我還不曾好好地想過，我希望在我們中間，永遠是姊弟的情誼。」她淡淡地說。

「唉！沁珠，不要忘記你扮演過的悲劇！」我鎮靜地說。

「是的，我為了這個要非常地小心，不過好朋友，有時我真需要純潔的熱情，所以當他張開他的心門，來容納我時，那真是危險，隱，你想不是可怕嗎？假使我是稍不小心……。」她說完微微地嘆了一口氣。

沉默暫時包圍了我們，因為自雲已自船塢辦妥交涉回來了。他含笑地告訴我們，船已泊在碼頭旁邊，我們上了船，舟子放了纜漸漸地馳向河心去，經過一帶茂密的荷田時，船舷擦著碧葉，發出輕脆爽耳的聲音，我提議，爽性把船開到裡面去，不久我們的小船已被埋於綠葉叢中。舉目但見青碧盈前，更嗅著一股清極的荷葉香，使我飄然有神仙般的感覺。忽然自雲發現葉叢中有幾枝已幾成熟的蓮實，他便不客氣地摘了下來，將裡面一顆顆如翡翠橢圓形的果實，分給我們。

正在這時，前面又來了一隻淡綠色的划子，打破我們的清靜，便吩咐舟子開出去。

黃昏時，我們的船停在石橋邊，在五龍亭吃了一些點心，並買了許多菱藕，又上了小划子，我們把划子蕩到河心，但覺秋風拂面生涼，高矗入雲的白塔影子，在皓月光中波動，沁珠不知又感觸些什麼了，黯然長嘆了一聲，兩顆眼裡，滿蓄了淚水，自雲見了這樣，連忙挨近她的身旁，低聲道：「珠姊，作什麼難過！」

「哪裡難過，你不要胡猜吧！」沁珠說著又勉強一笑。自雲也不禁低頭嘆息！

我深知此刻在他們的心海裡，正掀起詭譎變化的波浪，如果再延長下去，我真不知如何應付了。因叫舟子把船泊到漪瀾堂旁邊，催他們下了船，算清船錢，便離開北海。自雲自回家去，我邀著沁珠到我家裡，那夜她不知寫了一些什麼東西，直到更深，才去睡了。

我同沁珠分別後的一個星期，在一個朋友家裡吃晚飯，座中有一個姓王的青年，他向我說：「沁珠和你很熟吧！她近來生活怎樣？……聽說她同梁自雲很親密。」

「不錯，他們是常在一處玩 —— 但還說不上親密吧，因為

我曉得沁珠是拿小兄弟般看待他的。」

「哦，原來如此，不過梁自雲恐怕未必這樣想呢？」那人說完淡漠地一笑，而我的思想，卻被他引入深沉中去，我怕沁珠又要惹禍，但我不能責備她。真的她並沒一點錯，一個青年女子，並不為了別的，只是為興趣起見，她和些年輕的男人交際，難道不應當嗎？至於一切的男人對她怎樣想，她當然不能負責。

我正在沉思時，另外一個女客走來對我說道：「沁珠女士近來常去跳舞吧？……我有幾個朋友，都在跳舞場看見她的。」

「對了。她近來對於新式跳舞，頗有興趣，一方面因為她正教授著一般跳舞的學生，在職業上她也不能不時求進步？」我的話，使那位女客臉上漸漸退去疑猜的顏色。

停了一停，那位女客又吞吞吐吐地說：「沁珠女士人的確活潑可親，有很多人歡喜她。」

我對那位女客的話，沒有反響，只是點頭一笑。席散後，我回到家裡，獨自倚在沙發上，不免又想到沁珠，我不能預料她的結局 —— 不但如此，就是她現在生活的態度，有時我也是莫名其妙，恰像浪濤般的多變化，忽高掀忽低伏，忽熱烈

忽冷靜，唉！我覺得她的生活，正是一隻失了舵的船，飄蕩隨風，不過她又不是完全不受羈勒的天馬，她是自己造個囚牢，把自己鎖在中間，又不能安於那個囚牢，於是又想摔碎它。「唉！多矛盾的人生呢！」我時時想到沁珠，便不知不覺發出這樣的感慨。

　　幾陣西北風吹來，天漸漸冷了。有一天我從公事房回來，但覺窗櫺裡，灌進了刺骨的寒風，抬頭看天，朵朵彤雲，如凝脂，如積絮，大有雪意，於是我走到院子裡，搶了幾枝枯樹幹，放在火爐裡燒著取暖。同時放下窗幔，默然獨坐，隔了一陣，忽聽房瓦上有沙沙的響聲，走到門外一望，原來天空霰雪齊飛。大地上，已薄薄地灑上一層白色的雪珠了。

　　我在門口站了一會，仍舊進來，心裡覺得又悶又冷淒，因想在這種時候，還是去看沁珠吧。披了一件大衣，匆匆地僱車到沁珠家裡，哪曉得真不湊巧，偏偏她又不在家。據她的女僕說：「她同自雲到北海劃冰去了。」

　　我只得快快地回來。

　　這一個冬天，沁珠過得很好，她差不多整天在冰場裡，因此我同她便很少見面，有時碰見了：我看見她那種濃厚的生活興趣，我便不忍更提起她以往的傷心，只默祝她從此永遠快樂吧！因此我們不能深談，大家過著平凡敷衍的生活。

漸漸地又春到人間，便是這死氣沉沉的灰城，也瀰漫著春意，短牆邊探頭的紅杏，和竹籬旁的玉梨，都向人們含笑弄姿。大家的精神，都感到新的刺激和興奮。只有沁珠是那樣地悲傷和沉默。

　　正是一個星期日的早晨，我獨自倚在紫藤架下，看那垂垂如香囊的藤花；只見蜂忙蝶亂，都繞著那花，嗡嗡嚶嚶，纏糾不休，忽然想起《紅樓夢》上的兩句話是：「釀得百花成蜜後，為誰辛苦為誰甜。」被一陣淒楚的情緒包圍著。正在這時候，忽聽見前面院子裡有急促的皮鞋聲，抬頭只見沁珠身上穿了一件淡灰色的嗶嘰長袍，神情淡遠地向我走來。

　　「怎麼樣？隱！」她握住我的手說：「唉！我的好時候又過去了，那晶瑩的冰影刀光，它整整地迷醉了我一個冬天。但是太暫時了，現在世界又是一番面目，顯然地我又該受煎熬了。」

　　「掙扎吧！沁珠。」我黯然說：「我們掩飾起魂靈的傷痕……好好的享受春的旖旎……」

　　「但是隱，春越旖旎，我們的寒倫越明顯呢！」

　　「你永遠是這樣敏感！」

　　「我何嘗情願呢……哦，隱，長空墓上的幾株松樹，有的

已經枯了，我今早已吩咐車伕，另買了十株新的，叫他送到那裡種上，你陪我去看看如何？」

「好，沁珠今天是清明不是嗎？」我忽然想起來，這樣地問她。

她不說什麼，只點點頭，淚光在眼角漾溢著。

我陪沁珠到了陶然亭，郊外春草萋萋，二月蘭含嬌弄媚於碧草叢中，長空的墓頭的青草，似乎更比別處茂盛，我不禁想起那草時時被沁珠的眼淚灌溉，再回頭一看那含淚默立墳旁的沁珠。我的心，禁不住發抖，唉！這是怎樣的一幕劇景啊！

不久車伕果然帶了一個花匠，挑著一擔小松樹來，我同沁珠帶著他們種在長空的墳旁。沁珠蹲在墳前，又不禁垂淚許久，才悄然站起來望著那白玉碑凝視了一陣，慢慢轉身回去。

我們分別了大約又是兩星期吧，死沉沉的灰城中，瀰漫了恐慌的空氣，××軍勢如破竹般打下來了。我們都預算著有一番的騷擾，同時沁珠接到小葉從廣東來的信，邀她南方去，並且允許給她很好的位置。她正在躊躇不決的時候，自雲忽然打電話約她到公園談話。

自從這一次談話後，沁珠的心緒更亂了。去不好，不去也不好，她終日掙扎於這兩重包圍中，同時她的房東回南去，她

又須忙於搬家，而天氣漸漸熱起來，她終日奔跑於烈日下，那時我就擔心她的健康，每每勸她安靜休養，而她總是淒然一笑道：「你太看重我這不足輕重的生命了！」

在暑假裡，她居然找到一所很合適的房子搬進去了。二房東只有母女倆人，地方也很清靜。我便同自雲去看她，只見她神情不對，忽然哈哈大笑，忽然又默默垂淚，我真猜不透她的心情，不過我相信她的神經已失了常態，便同自雲極力地勸她回山城的家裡去休息。

最後她是容納了我們的勸告，並且握住我的手說道：「不錯，我是應該回去看看他們的，讓我好好在家裡陪他們幾天，然後我的心願也就了了，從此天涯海角任我飄零吧！這是命定的，不是嗎？」

我聽了她這一套話，感到莫名其妙的淒酸，我連忙轉過臉去，裝作看書，不去理她。

兩天後，沁珠回山城去了。

她在山城僅僅住了一個月，便又匆匆北來。我接到她來的電話便去看她，在談話中，她似乎有要南去的意思，她說：「時代猛烈地進展著，我們勢有狂追的必要。」

「那麼你就決定去好了。」我說。

✿ 十八

　　她聽了我的話，臉上陡然飛上兩朵紅雲，眼眶中滿了眼淚，這是什麼意思呢？我揣測著，但結果我們都只默然，不久自雲來了，我便辭別回去。

　　一個星期後，我正預備到學校去上課，只見自雲慌張地跑來，對我說道：

　　「沁珠病了，你去看看她吧！」

　　我便打電話向學校請了假，同自雲到沁珠那裡，只見她兩顴火紅地睡在床上，我用手摸摸她的額角，也非常灼燙，知道她的病勢不輕，連忙打電話給林文請他邀一個醫生來，不久林文同了一個中國醫生來，診視的結果，斷定是秋瘟，開了藥方，自雲便按方去買藥，林文送醫生去了。我獨自陪著她，只見沁珠呻吟著叫頭痛得厲害。我替她擦了一些萬金油，她似乎安靜些了。下午吃了一劑藥，病不但不減，熱度更高，這使得我們慌了手腳，連忙送她到醫院去，沁珠聽見我們的建議，強睜著眼睛說道：「什麼醫院都好，但只不要到協和去！」當然她的不忍重踐長空絕命的地方的心情，我們是明白的。因此，就送她到附近的一個日本醫院去。

　　醫生診查了一番，斷不定是什麼病，一定要取血去驗，一耽擱又是三天。沁珠竟失了知覺，我們因希望她病好，顧不得她的心傷，好在她現在已經失了知覺，所以大家商議的結果，

仍舊送她到協和去，因為那是比較最靠得住的一個醫院。在那裡經過詳細的檢查，才知道她患的是腹膜炎，這是一種不容易救治的病，據醫生說：「萬一不死，好了也要殘廢的。」我們聽了這個驚人的消息，大家在醫院的會客室裡商議了很久；才擬了一個電報稿去通知他的家屬。每天我同林文、梁自雲輪流地去看她，一個星期後，她的舅父從山城來，我們陪他到醫院裡去，但沁珠已經不認識人了。醫生盡力地打針，灌藥，情形是一天一天地壞下去，她舅父拭著眼淚對我們說：「可憐小小的年紀，怎麼就一病不起，她七十多歲的父親，和她母親怎麼受得住這樣的打擊呢！」我們無言足以安慰他，除了陪著掉淚以外。

又是三天了，那時正是舊曆的中秋後一日，我下午曾去看過沁珠，似乎病勢略有轉機，她睜開眼向我凝視了半晌，又微微地點點頭，我連忙走近去叫道：「沁珠！沁珠！你好些嗎？」但沒有回答，她像是不耐煩似的，把頭側了過去，我怕她疲勞，便連忙走了。

夜裡一點多鐘了，忽聽見電話鈴拚命地響，我從夢裡驚醒跳下床來，拿過電話機一問，正是協和醫院，她說沁珠的病症陡變，叫我立刻到醫院來，我連忙披了件夾大衣，叫了一部汽車奔醫院去，車子經過長安街時，但見雲天皎潔。月光森寒，

❀ 十八

我禁不住發抖，好容易車子到了醫院，我三步兩竄地上了樓，只見沁珠病房門口，圍了兩三個看護，大家都在忙亂著。

走到沁珠的床前時，她的舅父和林文也來了，我們彼此沉默著，而沁珠喉頭的痰聲急促，臉色已經灰敗，眼神漸散，唉！她正在作最後的掙扎呢，又是五分鐘挨過了，看護又用聽筒向沁珠心房處聽了聽，只見她的眉頭緊皺，搖了搖頭。正在這一剎那間，沁珠的頭向枕後一仰，聲息陡寂，看護連忙將那蓋在身上的白被單，向上一拉，罩住了那慘白的面龐。沁珠從此永久隔離了人間。那時慘白的月色，正照在她的屍體上。

當夜我同她舅父商量了一些善後的問題，天明時，我的心口作痛，便不曾看她下棺就回去了。

這便是沁珠最近這兩年來的生活和她臨終時的情形。

當我敘述完這一段悲慘的經過時，夜已深了，月影徘徊於中天，寂靜的世界，展露於我們的面前。女僕們也多睡了。而我們的心滑潤於哀傷中，素文握著我的手，悵望悠遠的天末。低低地嘆道：「沁珠，珠姊！為什麼你的一生是這樣的短促哀傷……」素文的熱淚滴在我的手上。我們無言對泣著，過了許久，陡然壁上的時鐘敲了兩下。我留素文住下，素文點頭道：「我想看看她的日記。」

「好，但我們先吃些點心，和咖啡吧。」我便去叫醒女僕，叫她替我們煮咖啡，同時我們由迴廊上次到房裡去。

十八

十九

　　我們吃過點心，便開始看沁珠的日記，那是一本簿簿的洋紙簿子，裡面是些據要的記載，並不是逐日的日記，在第一頁上她用紅色墨水寫了這樣兩句話：「矛盾而生，矛盾而死。」

　　僅僅這兩句話，已使我的心弦抖顫了，我們互相緊握著手，往下看：

■ 四月五日

　　今天是舊曆的清明，也是長空死後的第三個清明節。昨夜，我不曾睡在慘淡的燈光下，獨對著他的遺影，流著我懺悔的眼淚，唉！「珠是嬌弱的女孩兒，但她卻作了人間最殘酷的殺人犯，她用自私的利刃，殺了人間最純摯的一顆心……唉，長空，這是我終身對你不能避免的懺悔啊！」

　　天光熹微時，我梳洗了，換了一件淡藍色的夾袍，那是長空生時所最喜歡看的一件衣裳。在院子裡，採來一束潔白的玉梨踏著晨露，我走到陶然亭，郊外已充滿了綠色，楊柳發出嫩黃色的芽條，白楊也滿綴著翡翠似的稚葉，長空墳前新栽的小松樹，也長得蒼茂，我將花敬獻於他的墳前，並低聲告訴他

十九

「珠來了！」但是空郊淒寂，不聽見他的回音。

漸漸的上墳的人越來越多了，我只得離開他回來。到家時我感覺疲倦在壓扎我，換下那件 —— 除了去看長空永不再穿的淡藍夾袍，便睡下了。

黃昏時，泉姊來找我去學跳舞，這當然又是忍著眼淚的滑稽戲，泉姊太聰明，她早已看出我的意思，不過她仍有她的想法 —— 用外界的刺激，來減輕我內心的煎熬，有時這是極有效的呢！

我們到了一個棕色臉的外國人家裡，一間寬大而布置美麗的大廳，鋼琴正悠揚地響著。我們輕輕地叩著門板，琴聲陡然停了，走出一個紳士般的南洋人，那便是我們的跳舞師了。他不會說中國話，而我們的英文程度也有限，有時要用手式來幫助我們語言的了解。

我們約定了每星期來三次，每次一個鐘頭，每月學費十五元。

今天因為是頭一次，所以他不曾給我們上課，但卻請我們喫茶點，他並且跳了一個滑稽舞助興，這個棕色人倒很有興趣呢……

■ 四月七日

梁自雲今天邀我去北海划船。那孩子像是有些心事，在春水碧波的湖心中，他失卻往日的歡笑。只是望著雲天長吁短嘆，我幾次問他，他僅僅舉目向我們呆望。唉，這孩子葫蘆裡賣的什麼藥呀，我不由得心驚！難道又是我自造的命運嗎？其實他太不了解我，他想用他的熱情，來溫暖我這冷森的心房，簡直等於妄想。他是一塵未染的單純的生命，而我呢，是一個瘡痂百結，新傷痕間舊傷痕的狼狽生命，呀，他的努力，只是我的痛苦！唉！我應當怎麼辦呢？躲避開這一群孩子吧，長空呀！你幫助我，完成我從悲苦中所體驗到充實的生命的努力吧！

■ 四月九日

我才下課，便去找泉姊，她已經收拾等著我呢，我們一同到了跳舞師家裡，今天我們開始學習最新的步伐，對於跳舞，我學起來很容易，經他指示一遍以後，我已經能跳得不錯了。那棕色人非常高興地稱讚我，學完步伐時，又來了兩個青年男女，跳舞師介紹給我們，同時提議開個小小的跳舞會，跳舞師請我同他跳交際舞，泉姊也被那個青年男人邀去作舞伴，那位青年女人替我們彈琴。

十九

　　我們今天玩得很高興，我們臨走時，棕色人送我們到門口，並輕輕對我說：「你允許我作你的朋友嗎？」

　　作朋友，這是很平常的事，我沒有躊躇便答應他道「可以。」

　　回來時，泉姊約我去附近的館子去吃飯，在席間我們談得非常動勁，尤其對於那棕色人的研究：更有趣，泉姊和我的推測那棕色人，大約是南洋的藝術家吧，他許多舉動，都帶著藝術家那種特有的風格，浪漫而熱烈。但是泉姊最後竟向我開起玩笑來。她說：「沁珠，我覺那棕色人，在打你的主意呢！」

　　我不服她的推測。我說：「真笑話，像我這樣幼稚的英文程度，連語言都不能暢通，難道還談得到別的嗎？」

　　而泉姊仍固執地說：「你不信，慢慢看好了！」

　　對於這個問題，我們一笑而罷，回家時，我心裡充滿著欣慰，覺得生活有時候也還有趣！我在書案前坐下來，記下今天的遭遇，我寫完擱筆時，抬頭陡然視線正觸在長空的照片上，我的心又一陣陣冷上來。

■ 四月十五日

　　今天小葉有一封長信來，他勸我忘記以前的傷痕，重新作人，他願意幫助我開一條新生命的途徑，他要我立刻離開灰

城，到廣東去，從事教育事業，並且他已經替我找好了位置。

　　小葉對我的表白，這已是第五次了。他是非常急進的青年，他最反對我這樣殘酷處置自己。當然他也有他的道理，他用物質的眼光，來分析一切，解決一切，他的人生價值，就在積極地去做事，他反對殉情懺悔，這一切的情緒 —— 也許他的思想，比我徹底勇猛。唉，我真不知道應當怎樣辦了。在我心底有淒美靜穆的幻夢？這是由先天而帶來的根性。但同時我又聽見人群的呼喊，催促我走上大時代的道路，絕大的眩惑，我將怎樣解決呢？可惜素文不在這裡，此外可談的人太少，露沙另有她的主張，自雲他多半是不願我去的。

　　這個問題困擾了我一整天，最後我決定去看露沙，我向她敘述我的困難問題，而她一雙如鷹隼的銳眼。直盯視我手上的象牙戒指。嚴厲地說：「珠！你應當早些決心打開你那枯骨似的牢圈。」

　　唉，天呀！僅僅這一句話，我的心被她重新敲得粉碎。她的話太強有力了，我承認她是對的。她是勇猛了，但是我呢，我是柔韌的絲織就的身和心，她的話越勇猛，而我越躊躇難決了。

　　回到家裡，我只對著長空的遺影垂淚，這是我自己造成的命運。我應當受此困厄。

🌸 十九

■ 四月十八日

早晨泉姊來看我，近來我的心情，漸漸有所轉變，從前我是決意把自己變成一股靜波，一直向死的淵裡流去。而現在我覺得這是太愚笨的勾當，這一池死水，我要把它變活，興風作浪，泉姊很高興我這種態度，她鼓勵了我許多話，結果我們決定開始找朋友來籌備。

午飯時，車伕拿了一個長方形的紙盒子和一封信進來說：「適才一個騎自行車的人送來的。」我非常詫異，連忙打開盒子一看，裡面放著一束整齊而鮮麗的玫瑰花束上面橫拴著一個白綢蝴蝶結，旁有一張電影，正是那個棕色人兒送來的，再拆開那封信一看，更使我驚得發抖，唉，這真是怪事，棕色人兒竟對我表示愛情，我本想把這花和信退回，但來人已去得遠了，無可奈何，把花拿了進來，插在瓶子裡，供在長空的照相前，我低低地祝禱說：「長空！請你助我，解脫於這煩惱絞索的矛盾中。」

■ 五月一日

小葉今天連來了兩封快信，他對我求愛的意思更逼真更熱烈了。多可怕的煩糾！……唉，近來一切更加死寂了，學校雖然還在上課，我擬到南邊去換換空氣，並不見得壞，就是長空

如果有靈，他必也贊成我去。

陡然我想起小葉的信上說：「沁珠！你來吧，讓我倆甜美的快樂的度這南國的春 —— 迷醉的春吧！」我的臉不由得熱起來，我的心失了平衡，無力地倒在床上，不知是悲傷還是眩惑的眼淚，滴溼了枕衣。

我抬手拿小葉的信時，手上枯骨般的象牙戒指，露著慘白的牙齒，向我冷笑呢，「唉，長空！我永遠是你的俘虜！」我痛哭了。

不知什麼時候，泉姊走了進來，她溫和地撫著我的肩，問道：「沁珠，你又自找苦吃！」

唉，泉姊的話真對，我是自找苦吃，我一生都只是這樣磨折自己，我自己扮演自己，成為這樣一個可怕的形象，這是神祕的主宰，所給我造成的生命的典型！

■ 五月六日

泉姊還不曉得棕色人對我求愛的趣事，今天她照例地約我去學跳舞。我說我不打算去了。她很驚奇地看著我道：「為什麼？我們的錢都交了，為什麼不去學？」

我說：「太麻煩了，所以還是不去為妙！」

泉姊仍不大明白我的話，她再三地詰問我，等到我把始

十九

末告訴了她，她才哈哈大笑道：「有趣！有趣！果不出我所料。」同時又對我說道：「你真真的是命帶桃花運，時時被人追逐！……他送花既在兩星期前，你怎麼今天才決定不去呢？」

「當然有緣故。」我說：「送花本是平常的禮節往來，而且他第一封信寫得很有分寸，我自然不好太露痕跡地躲避他，誰知越來情形越不對，因此決定躲避他。」

泉姊也曾談起自雲 —— 那孩子雖然也有些莫名其妙的在追求我，可是我對他的態度，始終是很坦白的，同時他也太年輕，不見得有什麼深切的迷戀，只是一種自然的衝動，將來我替他物色個好人物，這孩子就有了交代。

現在只有小葉使我受苦，他有長空一樣深刻與魄力，這兩點他差不多使我失掉自制之力。許多朋友都勸我忘記已往，毀滅過去。就是長空也以為只要他死了，我的痛苦即刻可以消逝，其實這是一個錯誤的觀念，事實上我是生於矛盾，死於矛盾，我的痛苦永不能免除。

■ 五月十五日

晚上我寫了一封家信後，我獨自在院子裡夢想一切的未來，我第一高興的是灰城的沉悶將被打破 —— 也許我內心的沉悶也跟著打破，將來我或者能追蹤素文，過一些慷慨激昂的

生活，這也正是長空所希望我的吧！

一縷深刻的悲傷，又湧上心頭，如果長空還活著，他不知道如何地高興，他所希望的大時代，居然降臨人間，但現在呢，唱著凱歌歸來的英雄隊裡，再也找不到他頎長的身影。唉，長空還是我毀了你啊！

深夜時，我是流著懺悔的眼淚，模糊地看月華西沉。

■ 六月十二日

下午同泉姊去中央公園的茅亭裡，談得很深切，她希望我到廣東去，自然我要感激她的好心，但恨我是一個永遠徘徊於過去的古怪人，我不能洗滌生命上的染色，如果到廣東去，我也未必快樂，而且我懷懼生活又跌進平凡，也許這是件傻事，因為憧憬著詩境般的生之幻夢，而摒棄了俗人的幸福。可是我情願如此，幽冥中有一種潛力，策我如此，所以我是天生成的畸零人！

從公園別了泉姊，在家裡吃過晚飯，獨自在柳樹下枯坐，直等明月升到中天，我才去睡覺。

■ 六月十五日

自雲和露沙都勸我回山城，好吧，這裡是這樣乏味，回到

十九

爸爸媽媽的懷裡去，也許能使我高興些。

　　車票已買定，明天早晨我就要和這灰城，和灰城裡的一切告別了。我祈禱我再來灰城時，流光已解決了所有的糾紛。

　　沁珠的日記就此中斷，我們只顧把一頁一頁的白紙往後翻，翻到最後一頁，我們又發現了沁珠的筆跡：

■ 九月十日

　　我病了，頭痛心裡發悶，自雲和露沙陪了我一整天，在他們焦急的表情上，我懂得死神正向我襲擊吧！唉，也好，我這糾紛的生活，就這樣收束了 —— 至少我是為扮演一齣哀豔悲涼的劇景，而成功一個不凡的片段，我是這樣忠實地體驗了我這短短的人生！……

二十

我們放下日記本，彼此淚眼相視，睡魔早已逃避得不知去向。遠處的雞聲唱曉了，我掀開窗幔，已見東方露出灰白色的雲層，天是在漸次地發亮，女僕也已起來。我們重新洗過臉，吃了一些點心，那一縷豔陽早射透雲衣，高照於大地之上，素文提議到沁珠停靈的長壽寺去。

我們走出大門，街上行人還很少，在那迷漫了沙土的街道上，素文瘦小的身影，頹傷的前進著，轉過一個彎，一家花廠正在開門，我們進去買了一束白色的茶花，和一些紅玫瑰，那花朵上，露滴晶瑩的發著光，象徵著活躍新鮮的生命；不由得使我們感到沁珠生命花的萎謝與僵死，不久的將來，就是在這裡感傷的我和素文，也不免要萎謝與僵死！唉，當我們敲那長壽寺的山門時，我們的淚滴，更浸潤了那束鮮花，在晨風中，嬌媚地顫動著。

一個五十多歲的老人，如鬼影般地閃出山門來，素文高聲地對他說：「喂，你領我們到十七號房間去。」

「哦。」老人應著，傴僂著身子，領我們繞過大殿。便見一排停柩的矮屋，黯淡的立著，走到十七號房間的門口時，他

二十

替我們開了鎖，只見一張白木的供桌上，擺著燭釺香爐，和四碟時鮮水果，黑漆的靈柩前，放著一個將要凋謝的花圈，花圈中間罩著沁珠的遺像 —— 一個眉峰微顰，態度沉默的少女遺像，僅僅這一張遺留人間的幻影，已使我們勾起層層的往事，不能自持地湧出慘傷的眼淚來，「唉，沁珠呀！你為了一個幻夢的追逐，而傷損一顆誠摯的心，最後你又因懺悔和矛盾的困攪，而摒棄了那另一世界的事業，將生命迅速地結束了，這是千古的遺憾，這是無窮的缺陷喲！」

但是我們的悲嘆，毫無迴響，卻惹起白楊慘酷的冷笑，它沙沙瑟瑟地說：「世界還在漫漫的長夜中呢，誰能打出矛盾的生之網呢？」

我們抱著渴望天亮的熱情，離開了長壽寺，奔我們茫漠的前途去了。

電子書購買

國家圖書館出版品預行編目資料

象牙戒指：她如一首悲豔的詩歌，被枯骨似的
牢圈監禁了靈魂 / 廬隱 著 . -- 第一版 . -- 臺北市
：崧燁文化事業有限公司 , 2023.08
　面；　公分
POD 版
ISBN 978-626-357-484-7(平裝)
857.7　　112009915

象牙戒指：她如一首悲豔的詩歌，被枯骨似的牢圈監禁了靈魂

臉書

作　　者：廬隱
發 行 人：黃振庭
出 版 者：崧燁文化事業有限公司
發 行 者：崧燁文化事業有限公司
E - m a i l：sonbookservice@gmail.com
粉 絲 頁：https://www.facebook.com/sonbookss/
網　　址：https://sonbook.net/
地　　址：台北市中正區重慶南路一段六十一號八樓 815 室
Rm. 815, 8F., No.61, Sec. 1, Chongqing S. Rd., Zhongzheng Dist., Taipei City 100, Taiwan
電　　話：(02)2370-3310　　　傳　　真：(02) 2388-1990
印　　刷：京峯數位服務有限公司
律師顧問：廣華律師事務所 張珮琦律師

定　　價：330 元
發行日期：2023 年 08 月第一版
◎本書以 POD 印製
Design Assets from Freepik.com